BREISION

BREISION

JON GOWER

Gomer

Cyhoeddwyd yn 2013 gan
Wasg Gomer, Llandysul, Ceredigion SA44 4JL
www.gomer.co.uk

ISBN 978 1 84851 547 5

Cyhoeddwyd gyda chymorth ariannol
Cyngor Llyfrau Cymru.

Argraffwyd a rhwymwyd yng Nghymru gan
Wasg Gomer, Llandysul, Ceredigion.

I
Iolo, Siân, Gwenan a Heledd

Cynnwys

BREISION

Mi roedd Mam wedi diosg iaith fel diosg ei dillad: pob ansoddair, berf a bethingalw fel petai'n bentwr blêr wedi ei adael yn angof yn rhywle a hithau'n hollol borcyn hebddynt. Doedd dim hyd yn oed y gair 'dementia' ganddi i ddisgrifio'i thasg amhosib – ei chyflwr digamsyniol-blydi-horribl. Dim modd iddi esbonio'i byd na deall ei byd. Dywedodd rhywun unwaith taw ffiniau fy mywyd yw ffiniau fy iaith, ac mi roedd Mam yn byw mewn byd heb ffin. Os taw byw yw'r gair. Os oes ffin i'w math hi o ddioddefaint.

Y peth rhyfedd yw ei bod hi wedi dechrau chwibanu yn lle siarad, ac nid unrhyw hen chwibanu chwaith (os y'ch chi'n derbyn taw rhyw fath o siarad yw trydar yr adar wrth chwibanu ben bore – mae 'na ddau deryn du'n trafod tiriogaethau mewn egwyl rhwng twrio am fwydod reit nawr y tu allan i'r ffenest). Oedd, mi roedd Glenys Alaw Richards yn chwibanwraig gyda'r gorau, gan ledaenu melodïau eosaidd o gwmpas Cartref Marmora nes bod y nodau megis yn hofran yn yr awyr – perlau o nodau, dafnau gwlith o nodau – yno, ymhlith y celfi-gwynt-pisho a'r rhesi o lygaid marw. Mi wnes i gyffelybu ei llais i lais yr eos, on'd do? Wel, galla i ddweud gyda sicrwydd nad oes 'na unrhyw gân yn debycach i gân Mam. *Luscinia megarhynchos.* Yr eos. 'Aderyn cerdd o faint cymedrol sy'n swil and ac yn gelgar a chanddo gynffon felyngoch'. Aderyn sy'n canu â'r fath arddeliad yn ystod oriau lloer-olau nes bod ambell un yn cwmpo'n farw gelain yng nghanol cymal cân.

Ac Alaw yw ei henw hi.

Ydy, mae hi'n yffar o chwibanwraig, Mam. Petai Tony Bennett yn gorfod canslo gìg yn Caesar's Palace, neu John ac Alun yn tynnu mas o noson lawen sha Thudweiliog, byddai Mam yn medru camu i'r adwy'n hawdd. Ond druan o'r cwsmeriaid yn Las Vegas pan fyddai hen fenyw grwca dan bwysau'n camu mlaen at y meicroffon wrth i'r gerddorfa bres danio ffanffer i'w chyfarch.

Ond gyda munud neu ddwy o amynedd tra mae hi'n setlo ar ei ffyn cerdded a thynnu anadl – munud neu ddwy o sipian margaritas pwerus a martinis sych fel anialwch y Mojave – dim ond rhoi cymaint â hynny o degwch iddi, a byddent yn medru clywed miwsig y sfferau, wir dduw! Y synau mwyaf perffaith yn y bydysawd. Byddai'r gynulleidfa'n medru gadael plisg gwag eu cyrff ar ôl a hedfan fel gweision y neidr prydferth o dan y siandelïers. Sŵn sy'n trawsnewid eich bywyd yn llwyr. Gwerth tocyn pum can doler ynddo'i hunan, ontife? Neu bris mynediad John ac Al? Yn Chwilog.

Roedd ei nodau hi – y perlau'n sgleinio, y dafnau'n dal yr haul – fel desgant i synau hurt ei chyd-drigolion. Roedd megis graddfa gerddorol yn esgyn yn uwch ac yn uwch nes ei bod fel trac sain i epiffani llawn. Ie, epiffani, er gwaetha'r ffaith ei bod yn gaeth o fewn pedair wal y cartre lle roedd pawb yn ei charu hi fel hen fodryb, ac yn ei charu hi'n fwy nag erioed nawr ei bod hi'n chwibanu'n bert.

Doedd y lle byth yn dawel, rhynt y dynion-sy'n-cyfarth a'r gwragedd-sy'n-udo a'r rhai sy'n g'neud tipyn bach o'r ddau. Bywyd bob dydd yn yr EMI – *Elderly Mentally Infirm*. Dyna i chi danosodiad. Cracyrs! Allan i ginio! Pethau wedi mynd o lan lofft! Dwlali! Dim sens yn ei phen, Napoleon!

Ond pan fyddai pethau'n dawel – ar ôl cinio, neu ar ôl i'r tawelyddion ddechrau cynhyrchu asid *gamma aminobutyric* – chi'n gwbod – mi fyddai nodau'r hen Alaw'n medru swyno a hudo cystal â'r profiad o weld tair enfys yn y nen 'run pryd, neu syllu ar wyneb babi newydd-anedig. O glywed y chwibanu, byddai nyrsys yn oedi wrth eu gwaith. Byddai'r 'gwesteion' oedd yn dal ar ddi-hun yn gwrando mor astud fel y byddai sŵn pìn yn cwympo ar y leino'n ddigon i'w dychryn.

Doedd hi erioed wedi chwibanu o'r blaen, o beth alla i ei gofio. Prin ei bod yn canu chwaith, dim ond yn y ffordd hanner-preifet, hanner-cyhoeddus mae rhywun yn ei wneud yn y capel pan taw'ch cymydog yn unig sy'n eich clywed go iawn. Yn y gynulleidfa yn Gerazim, dim ond Hettie Rhiw Dro oedd yn sefyll ar ei phwys ac roedd hi'n fyddar fel post, oedd yn gadael i Mam ganu i'r Iôr ag arddeliad llwyr ond mewn llais egwan.

Ei hoff emyn oedd 'Wele'n sefyll rhwng y myrtwydd', a oedd bron mor agos at ei chalon â 'Que Sera, Sera' gan Bob Dylan yn fersiwn y Diliau neu falle'r Meillion: Supremes a Ronettes ein cenedl ni. Roedd Mam yn hoffi'r ffaith bod 'Wele'n sefyll ...' wedi ei sgrifennu gan fenyw, ac iddi hi, roedd Ann Griffiths yn fardd cystal ag Emily Dickinson. Emily oedd ffefryn Mam:

Os galla i sicrhau bod calon neb
Yn torri'n ddarnau bach
Bydd fy mywyd i'n werth chweil ...

Emily. Byddai Duw yn gwrando arni'n canu yn ei chartref yn y nefoedd. O, byddai'n sicr o wrando'n astud, yn enwedig ar ddydd Sul. Codwch eich lleisiau, chwi feidrolion y ddaear ...

Roedd gafael Mam ar iaith wedi bod yn llithro rhwng ei bysedd fel 'slywen. Y gystrawen ar chwâl, y ramadeg wedi ei rhwygo'n gymalau ac yna'n llythrennau unigol ac felly'n unig. Roedd trefn wedi diflannu – trefn ar oriau, trefn ar atgofion, trefn ar y bali lot.

Doedd ganddi fawr o syniad lle roedd hi hanner yr amser. Pan aeth ei chwaer i'w gweld, honnodd Mam ei bod yn Rwsia ac mi roedd ei disgrifiadau o Nevski Prospekt yn hynod gredadwy. Daeth holl brysurdeb y stryd urddasol honno'n fyw fel sioe *marionettes* wrth iddi ddisgrifio dillad y bobl a'r arogl ar hyd lle nes i Nancy Anne gofio nad oedd ei chwaer erioed wedi bod yn Rwsia. Roedd Mam wedi bod ym Mwlgaria am wythnos unwaith, ond doedd hynny'n esbonio dim.

Y meddwl. Pa mor rhyfeddol yw ei chwalfa.

Pryd mae person sy'n dal yn fyw yn marw? Dyna hen gwestiwn thanatolegol i chi. Pan maen nhw'n diffodd y peiriant yn yr ysbyty, neu pan maen nhw'n dodi'r person ar y peiriant yn y lle cyntaf? *Brain death*, ontife? Pryd mae'n amser gollwng gafael yn y person achos ei fod e neu hi wedi hen fynd, er bod y plisgyn yno a'r sgyfaint yn dal i anadlu fel cynrhon mewn ffrwyth pwdr? Ie, pryd? Pan fo'i enw ef neu hi yn mynd yn angof, yn gwibio bant fel brithyll mewn nentig, neu pan does gynnoch chi affliw o ddim cof am ddim byd a ddigwyddodd yng nghwmni'ch gilydd? Dim munud wedi ei rhannu. Dim chwerthin braf na thrip ysgol Sul. Dim ymweliad â Siôn Corn na pharti pen-blwydd. Yn yr un modd, does gen i ddim cof fy hun pryd yn union y dechreuodd pethau fynd o chwith. Efallai pan ddechreuodd hi sgrifennu nodiadau iddi ei hun i'w hatgoffa am bethau yr oedd hi i fod i'w gwneud. 'Talu'r bil nwy.' 'Mynd â'r allweddi.' 'Gwagio'r cwpwrdd.'

Byddai'n dda petai Mam yn medru codi deildy cysgodol yng nghanol llwyn. Yno, byddai'r drain yn ei chadw'n saff a byddai'r nyth, maes o law, yn ei chadw'n gynnes fel wy. Achos roedd pethau'n mynd yn waeth yn Marmora.

Un diwrnod clir ym mis Ionawr, roeddwn wedi darganfod gwylan y Gogledd ger yr heliport yng Nghaerdydd pan ganodd y ffôn-ar-y-lôn – un o staff y cartref wedi ffonio i ddweud bod Mam wedi bod yn ymladd. 'Na chi alwad 'sneb yn disgwyl ei chael! Eich mam! Yn ymladd. Mam! Y biffwraig! Y boffwraig! Yn mynnu sgrap fel y plentyn drwg ar yr iard. Ond o leia mi 'nillodd y sgarmes. Sy'n ennyn math newydd, annisgwyl o falchder mewn mab, credwch chi fi. Mae'n debyg fod rhyw hen golier wedi trio rhoi wad iddi yn y stafell ginio – anghydfod dros hanner Rich Tea Biscuit, ie, hanner, yn ôl pob sôn – ac roedd Mam wedi talu'r pwyth yn ôl drwy hemo'i drwyn gyda'i llyfr emynau.

Ie, beth sydd 'i angen arni yw nyth. Os gallai ei bysedd-esgyrn-iâr weu unwaith eto, gallai nyddu un bach twt iddi ei hunan. Gallai gasglu'r holl we cop oddi ar walydd y cartref, ac o'r corneli tywyll sy'n baradwys arachnidaidd, ac yna, â'r gwawn – sy'n ddigon cry i reslo cleren las, sy'n ddigon delicét i fod fel lês yn y gwlith – mi alle hi greu cartref clyd. A leinio'r nyth gyda pheth o'i gwallt ei hun, sy'n sprowtio fel candi-fflos o'i phenglog melyn. Sioc o wallt ydyw, bid siŵr. Ac os y'ch chi'n meddwl bod menyw'n gwneud nyth mor ffantasïol â ffindo Nevski Prospekt yn atlas meddyliol Mam, rhaid i chi feddwl drachefn. Gwrandwch yn astud ar fy araith fer ornitholegol, os gwelwch yn dda.

Ystyriwch y titw cynffon hir, un o ddinasyddion prysuraf a delaf coedwig, llwyn a pherth. Mae'n adeiladu nyth o fwsog a blew anifeiliaid, a hefyd o unrhyw blu sydd ar hyd y lle, heb anghofio'r sment anhygoel, sef y gwawn. Hwn yw un o ddeunyddiau mwyaf, wel, adeiladol byd y titw, a bydd yn llunio'r rhain i gyd yn siâp gowrd a fydd yn ddigon cryf i ddal hyd at ddwsin o wyau, heb son am y cywion, ac yn ddiweddarach y cywion adar yn gwisgo'u plu go iawn. Mae'r bensaernïaeth anhygoel hon – sy'n fwy o gamp a rhyfeddod na Machu Picchu ym Mheriw neu'r Alhambra yn Sbaen – yn golygu bod y nyth wedi ei chreu gan ddefnyddio hyd at ddwy fil o blu. Mae'n para hyd at ddiwedd y tymor nythu ac yna, fel tase cloc ar waith, mae'n dechrau datgymalu. Cyn bo hir, ni fydd yn ddim byd mwy na dafnau microscopig yn y gwynt ac ambell dusw bach o fwsog gwlyb dan droed mochyn daear. Ond, yn ei dymor, ma' 'na ddrws cyfrin hefyd wedi ei fowldio o wawn, a hwnnw'n ddigon elastig i ganiatáu i'r adar bach fynd a dod, mynd a dod, yn brysurdeb o blu o fore gwyn tan y gwyll, gan gario pryfed, pryfed a mwy o bryfed i'w torred newynog. A hyn oll gan aderyn sydd ag ymennydd maint ffacbysen. Ac sydd erioed wedi gweld diagram o nyth, na chael gwersi adeiladu nyth, na dim byd felly. Mae 'na wyrthiau ar hyd llwyn a pherth, weda i 'tho chi.

A byddai nyth fy mam yn un o wawn, a hithau'n eistedd yno ymhlith sglein-olau'r edau arian. Yn dwt fel wy.

Ond dyna'r rhith.

A'r realiti yw gweld ei llygaid yn llawn ofn. Mae ei llygaid wedi eu britho gan waed ac os gwir y sôn taw dyma ffenestri'r enaid, yna mae'n ddigon posib fod ei henaid hi wedi ei herwgipio a'i gadw'n gaeth, yn rhwym dan y rhaffau, megis mewn selar yn Sadr City.

Roeddwn yn ddyn mewn oed fy hunan – yn fy mhedwardegau – cyn y gallwn weud wrth fy mam fy mod yn ei charu. Y tro cyntaf roedd 'na syfrdandod yn ei llais wrth ateb – efallai ei bod wedi paratoi ei hun, neu ei hamddiffyn ei hun trwy gredu na fyddai hi byth yn clywed y geiriau hynny o enau ei mab.

Dim esgusodion, ond roedd fy mywyd wedi bod ar chwâl yn y cyfnod cyn hynny, a minnau wedi bod yn crwydro drwy dirlun emosiynol oedd yn gyfuniad o losgfynyddoedd a rhewlifoedd – rhywbeth tebyg i Wlad yr Iâ – er nad wyf wedi bod yng Ngwlad yr Iâ mwy nag y bu Mam yn Rwsia.

Byddwn yn ymweld â hi bob wythnos er mwyn mynd i Safeway, Caerfyrddin (cyn newid yr enw i Morrisons), ac mi fyddai'n cynnig meistres-wers bob wythnos ar sut-i-siopa'n-grintachlyd-fel rhywun-sydd-wedi-byw-drwy-Ryfel-Byd; roedd hi hyd yn oed yn cario *ration book* yn ei bag i'w hatgoffa o wir werth te a siwgr. Byddai'n cael hyd i sticeri discownt mor gyflym ag Exocet yn anelu at y Syr Galahad, a byddai wastad yn mynd â'r bwyd o gefn y silffoedd, lle roedd y stwff-newydd-gyrraedd.

Ar y ffordd adre, byddem yn stopio mewn pentref diarffordd; mor ddiarffordd nes y gallech dybio bod bleidd-ddynion yn sgwlcan liw nos o gwmpas y biniau rownd y bac. Roedd y pentref wastad mewn cysgod – yn debyg iawn i Rydcymerau – a phlanhigfeydd o goed sitca'n flanced rhag yr haul.

Byddai Mam a minnau wastad yn eistedd wrth yr un ford, yn yr un dafarn ac yn chwerthin, wastad, ar safon uffernol y paentiadau olew ar y walydd. 'Lluniau Toblerone' fyddai Mam yn eu galw nhw, yn Alpau a bythynnod twt i gyd, ynghyd â llwyaid fawr o sacarin.

A byddem yn chwerthin yn fwy fyth wrth iddyn nhw ddod â'r bwyd, achos roedden nhw wastad yn rhoi'r *mixed grill* i mi a'r omlet i Mam a byddem yn mwynhau'r fflwstwr ar wyneb y gweinydd wrth eu newid nhw o gwmpas, a Mam yn ei hyrddio'i hun at y cig fel hugan yn dala pysgod, bron cyn bod y plât wedi setlo ar y ford. Ond yn raddol, yn ystod y cyfnod hafaidd hwn, dechreuodd anghofio beth oedd ei hoff fwyd a beth oedd Morrisons a sut oedd Deio'n mynd i Dywyn, a byddai'n gofyn 'Oes 'na jeli?' bron bob tro ac yn dechrau bihafio'n ditsi iawn cyn colli'r plot yn llwyr. Roedd ei bywyd fel nofel gan Robbe-Grillet. Ie, cyn lleied o blot â hynny. Wir i chi.

Dwi eisiau ei hatgoffa am y dyddiau da, ond ma' rhywun wedi gosod gwydrau dwbl dros ei llygaid ac wedi arllwys hylif sment i lawr camlesi ei chlyw. Dymi yw hi bellach, a phetai hi mewn ffenest siop, mi fyddai'r siop y math o le sy'n gwerthu crap. Tiwlip mewn fâs o ddŵr gwyrdd. Jig-so â 998 darn. Cot ffwr ym mis Awst. Cot ffycin ffwr unrhyw bryd. Ma' gan hyd yn oed y minc deimladau. Wel, falle ddim.

Mater o feddyginiaeth yw hi ar ddiwedd y dydd. Byddech yn tybio y gallai'r bwystfil cyfalafol hwnnw, y diwydiant fferyllol, ddod o hyd i ryw ateb i broblemau dymi-llawn-ofn. Mae'r nyrsys yn gweud nad y'n nhw isie rhoi nocowt drops iddi achos byddai hi'n mynd yn gaeth i'w chadair wedyn a hynny'n arwain, heb amheuaeth, i'r gwely-am-byth. Ond mae'r hen wraig yn dal i gael rhithweledigaethau a llond bola o ofon yn eu sgil ac felly mae angen rhyw bilsen hud arni. Hyd yn oed os yw e'r math o beth sy'n medru bwrw tarw eliffant i'r llawr megis bwled o wn llonyddu.

I Mam. Anrheg. Bwled.

Dwi'n nabod y boi 'ma, Billy Wired maen nhw'n 'i alw fe, ac mae e'n honni ei fod e wedi treial pob cyffur yn y byd: *ketamine* – tawelydd milfeddygol sy'n ddigon cryf i lorio ceffyl – wedi ei chwistrellu rhwng bysedd ei draed 'rôl i bob gwythïen arall bopio, cymaint o *peyote* nes y credai ei fod wedi troi'n pterodactyl am dridiau a hedfan uwchben Porth Tywyn yn dychryn hen bobl. Unwaith, cafodd gyfle i arbrofi â chyffur roedd llwyth oedd yn dal i fyw yn Oes y Cerrig yn Gini Newydd yn 'i iwso mewn defodau troi-bachgen-yn-ddyn, ac o fewn nanoeiliad iddo roi'r stwff lan ei drwyn, mi roedd e'n credu bod ei groen wedi troi'n wyrdd llachar fel madfall. Ar ôl iddo ddihuno, mi welodd fod ei groen *wedi* troi'n wyrdd, ac er sgrwbio a sgrwbio, mae 'na olwg ddigon sicli ar y crwt hyd y dydd heddi. Nawr, dwi'n bendant y gallai Billy roi rhywbeth i Mam fyddai'n lleddfu ei hofnau. Ond, am nawr, mae hi'n gorfod dibynnu ar ta beth sy'n ratlo ar y troli yn y cartre gofal lle mae'r meddyg teulu sy'n gofalu amdani'n delio 'da'i broblemau fe 'i hunan. Dr Bacardi ma' pawb yn Rhydaman yn ei alw fe, ond ma' honna'n stori at fory.

Mam, o Mam. Ble'r aethoch chi?

Mae hi fel 'se hi wedi marw'n barod ac mae'n demtasiwn i geisio gweithio mas pryd. Y noson honno gerddodd hi yn ei gŵn nos sha Llanelli? Y tro 'na na'th hi gyhuddo'r fenyw drws nesa o ddwyn y bwji (doedd ganddi ddim bwji, wrth gwrs)? Un peth sy'n wir. Nid Mami yw'r fenyw 'na. Edrychwch arni! Mor fach ar yr iâ.

Allan ar yr iâ, mae'r arth wen yn prowlan a chwilio am forloi bach yn ysglyfaeth. Mae Mam yn sefyll yno, yn gwisgo'r hen got goch 'na oedd hi'n 'i gwisgo i fynd mas 'da fi ar fore Sadwrn, ac mae hi moyn rhybuddio'r morlo, ond er bod ei gwefusau'n gwneud siâp 'O' enfawr, does 'na ddim byd yn dod mas ond hisian ei hanadl. Yna, ar ôl iddi oeri bron hyd at hypothermia, mae'n eistedd ar y sled eira ac yn cychwyn sha thre (sy'n blydi stiwpid, achos dyw Mam erioed wedi bod yn berchen sled eira).

Rowl-yp, rowl-yp, dewch i weld y fenyw sydd â sinema yn ei phen! Sinema-y-lliwiau-oll.

Yn ei phen, yn ei phenglog, mae'r lliwiau mewn dawns, perlewyg o beth, â choreograffi cromatig o leilac yn dawnsio rondel urddasol gyda glas-disl-drydanol, gwyrdd mango'n shimian 'da phowdwr llwyd, gwyrdd lliw pys yn trotian 'da du-bola-buwch, gwyrddlas-gwaelod-y-môr yn closio'n orgyfarwydd at y melyn-blodau-haul a gwyn hufen Jersi'n waltsio'n osgeiddig gyda ffrwydriad o geirios. Ac yng nghanol yr holl symud, gan hawlio a hoelio sylw, dyma Frenhines y Ddawns, ei chroen yn ddisglair fel gwyn paent titaniwm ac yn dawnsio disgo i olau strôb ei chroen anhygoel ei hun.

Blydi hel, dyw hyd yn oed Billy Wired ddim yn gweld pethau cystal pan fydd e'n smocio sgync.

Un diwrnod, tua chwe blynedd yn ôl, aeth Mam a minnau i weld ymgynghorydd yn ysbyty Bryngolau. Roedd yn un o'r diwrnodau canol gaea hynny pan fydd yr awyr yn las fel y môr mewn gwlad drofannol. Pan ddangosodd y siart i ni, meddyliais am y tetradau ar fapiau bridio adar ac un yn arbennig – pibyddion coeswyrdd yn llechu rhag bygythiad yn eu nythod yn Sutherland, man nad oedd yn hysbys heblaw i'r dyn a ddadansoddodd y lluniau lloeren ohonynt. Dyna beth yw llygaid craff.

Ond doedd y smotiau ar y siart ddim yn dangos nythod adar, ond yn hytrach, lle roedd y strôc, pob strôc yn ei thro, wedi digwydd. Brech ohonynt: ffrwydron glynu i chwythu cwch y cof yn ddarnau. Daliai Mr Evans y siartiau â blaen ei fysedd, fel tasen nhw ar dân, neu'n wenwynig.

'Do you understand? Chi'n deall, Mrs Richards?'

'Does she understand?' gofynnodd imi pan na wnaeth hi ddim byd mwy nag edrych arno fel taw fe oedd y gorwel.

Roeddwn i am ofyn iddo am y ffrwydriadau tawel 'ma, y gwythiennau'n chwythu'n yfflon gan dduo'i siartiau. Ond allwn i ddim. Roeddwn yn crynu gormod y tu mewn: Richter Wyth yn fy mherfeddion.

Chi'n gwbod, maen nhw'n medru adnabod cerddorion o edrych ar siartiau felly – yr unig alwedigaeth sy'n ymddangos ar sgan ymenyddol.

Yn stafell Mr Evans roedd fy mam yn edrych arna i a minnau'n edrych arni hi fel petai am y tro cyntaf – y talcen urddasol, y trwyn siapus, y llygaid gleision yn dal yn glir ac yn glaerwyn. Er gwaetha'i dryswch cynyddol dros y misoedd, doedd 'na ddim byd wedi'n paratoi ar gyfer y funud hon, yr erchyll funud hon oedd fel gorwedd i lawr yn chwilio am gysur ar bermaffrost Siberia. Y funud orffwyll hon. Yr eiliad oer.

Ar gangen helyg, yn canu serenâd i'r hwyr a'r gwyll sy'n disgyn fel niwl, mae'r eos heno'n symffoni unigol. Hylif ei llais: nentig o ddiléit.

Ond yn ei hystafell, heb nac addurn na chysur, mae llygaid yr hen fenyw'n lledagored gan ofn. Maen nhw'n dod amdani. Mae hi'n gwbod hynny'n bendant. Maen nhw'n dod.

Mae ei chorff mor fregus ag aderyn, ac mae'n teimlo fel petai cocŵn ei phlu yn rhwymo'n dynnach amdani – anadlu'n anodd nawr – wrth i'r weiar dynnu caets ei hasennau'n dynnach, dynnach, dynnach. Bron nes bostio. Mewnffrwydriad ei diwedd hi.

Mewn gwlad na wêl hi fyth, mae'r Arlywydd – sy'n swp sâl o ganser – yn archebu ei bryd olaf un wrth y llyw. Mae am flasu euogrwydd, a ddaw ar ffurf *l'ortolan,* un o deulu'r breision, adar bach sy'n dwlu ar fwyta hadau. *Emberiza hortolana*, i chwi Ladinwyr. Ac Arlywydd Ffrainc yw hwn.

Cafodd yr adar eu dal gan ddynion yn ne'r wlad, yn defnyddio prennau leim a rhwydi wedi eu gwneud o flew ceffyl. Yna, cafodd y derots eu dallu yn unol â'r traddodiad, a'u cadw mewn bocsys bach am fis, yn cael eu bwydo â grawnwin a miled a ffigys. *Beccafico*, chwedl y Rhufeiniaid – y pigwr-ffigys bach. A phan fyddai'r aderyn wedi tyfu i bedair gwaith ei faint arferol, dyma foddi'r pŵr dab, yn llythrennol, mewn Armagnac. Mae'r Arlywydd bolrwth hefyd yn bwyta wystrys, *foie gras* a chaprwn. Ond y wobr fawr i flaen ei dafod yw bras y gerddi. *L'ortolan*! *C'est magnifique*!

Mae gwas yn gosod bib yn dwt ac yn daclus yn ei goler ac, er gwaetha – neu efallai oherwydd – ei salwch, mae François Maurice Adrien Marie Mitterrand, arlywydd Sosialaidd cyntaf y Bumed Weriniaeth, yn glafoerio. Yna mae un o'r gweision yn gosod lliain gwyn dros ei ben. Offeiriad a ddechreuodd y ddefod hon ganrifoedd yn ôl, er mwyn cuddio'i lythineb rhag Duw.

'Ein Tad, maddau i mi am fwyta pob peth yn yr Arch heblaw am y crwban ...'

Prysura Fabien, y *chef*, at ei waith. Dyma'r unig beth mae'n ei goginio lle mae'n dilyn llyfr. 'Defnyddiwch ffwrn grasboeth a gadael yr aderyn yno am ddim mwy na thair munud. Dylai'r aderyn fod mor boeth nes bod yn rhaid ei adael ar y tafod ac anadlu'n gyflym drwy'r geg. Mae hyn yn oeri'r aderyn, ond gwir bwrpas hyn yw caniatáu i'r braster twym lifo fel ambrosia i lawr y gwddf.' Trici, meddylia Fabien, sy'n hoffi bwyd Indiaidd ei hunan.

Dan ei orchudd gwyn, mae Mitterrand yn cludo corff yr aderyn pedair owns i'w geg, ei ben y tu allan i'w wefusau. Mae'n cnoi'n gadarn ac yn cael gwared ar y benglog ar blât gerllaw. Fe oedd unig Arlywydd Ffrainc i bara am ddau dymor llawn, ond mae ei geg yn llawn corff aderyn. Mae'n cofio rheolau'r bwyta. Dyw e ddim yn llyncu 'to.

Nid ei fod e wastad yn cofio'r rheolau. Ddim yn Rwanda, na phan chwythwyd y *Rainbow Warrior* o'r dŵr, na thra oedd e'n gwerthu arfau rhad i Iran, nac yn ysbïo ar ei ffrindiau, nac yn aros yn ffyddlon i'w wraig. Marianne! Marianne! Blas pomgranad oedd ar ei gwefusau hi.

Cofia'r rheolau ...

'Pan fydd yr aderyn yn oer, rhaid dechrau cnoi'n araf. Dylai gymryd chwarter awr i fynd drwy'r frest a'r adenydd, yr esgyrn bach yn craclo 'da blas, ac yna ymlaen at y perfeddion.'

Heno, dyma'r ford fwyaf unig yn y byd, er bod 'na westeion pwysig a chlebran pwrpasol. Achos heno, yr Arlywydd yw'r dyn mwyaf unig yn y byd, ar goll yn llwyr yn ei euogrwydd. Ei gydwybod yn glir fel silt.

Gall e flasu holl gylch bywyd y bras – y caeau ŷd yng nghysgod mynyddoedd yr Atlas, yr awel hallt ar lan y môr, persawr y lafant wrth i'r *mistral* chwythu drwy Provence.

Mae'r gwefusau tew a'r dannedd-wedi-eu-staenio-gan-amser yn dod i lawr fel *guillotine* ar y sgyfaint a'r galon-maint-pysen, sy'n llawn gwirod o ddiwrnod y boddi. Hollta'r esgyrn bach yng nghefn y geg â sŵn sherbet.

Nos yfory yw ei noson olaf fel tywysydd y Weriniaeth Goll. Fory, ar gyfer ei swper olaf, mae e wedi archebu eos. Mae

Fabien yn barod ac mae'r helwyr allan yn y maes, yn ddwfn yng ngwyrddni'r goedwig boplys.

Mae Fabien yn paratoi'r cwrs nesaf ac yn canu'r gân roedd ei fam-gu'n arfer ei chanu'n groten:

'Ehedydd ddaw yfory, i fwydo'r teulu i gyd, ji-binc a thato yw'r pethe gorau yn y byd …

Ehedydd ddaw yfory a thitw yn ei dro, a phastai bronfraith a jac-do …

Ehedydd ddaw …'

Nid yw'r aderyn yn cyrraedd nodau ola'r serenâd wrth i'r rhwyd ddisgyn yn ddiarwybod iddo. Yn y gegin mae sglein ar y gyllell ar ôl hogi diwyd. Dyw Fabien ddim wedi coginio aderyn yn fyw o'r blaen. Cimwch, ie, ond aderyn?

Ar y bwrdd torri, lluwch o blu.

Oedd, mi roedd hi'n gwybod eu bod yn dod. I'w rhyddhau, yn ddiffwdan, o gawell ei chorff.

Y GAIR OLAF

Hi, Siriol Llawena Wyn, oedd y ferch hapusaf yn y pentref, sef Cwmgwdi ym Mhowys, ac fel y byddai'n esbonio ag arddeliad, yng Nghymru, ym Mhrydain, yng ngorllewin Ewrop, yn y byd ac yn y pen draw, yn y bydysawd. Ie, hi oedd yr eneth fach fwya hapus dan haul, unrhyw haul, sef y sêr i gyd. Ac yn wir, roedd ganddi wên fel yr heulwen, a mop o wallt lliw menyn cartref fyddai'n dawnsio a llifo fel cae o wenith yn moesymgrymu i fiwsig mambo tawel y gwynt.

Byddai'n seiclo ar ei beic coch tri-spid ar hyd y lonydd bach troellog o gwmpas Dorlan-goch, Cantref a Phenoyre, ac os digwydd iddi wenu ar rywun, bydden nhw'n siŵr o wenu 'nôl. Hyd yn oed hen fwbach sur fel Bobi Tre-gwynt, oedd yn byw drws nesa. Byddai, byddai hyd yn oed Smeli Bobi – fel y byddai pawb yn ei alw fe – yn gorfod gwenu 'nôl, er mai rhywbeth hyll ar y naw oedd ei wên yntau oherwydd ei ddannedd siarc.

Felly, dyna sut roedd Siriol yn codi calonnau holl drigolion Cwmgwdi – gwenu'n braf ar bawb o'i chwmpas a'i dannedd llacharwyn fel hysbyseb ar gyfer y past dannedd diweddaraf, ac yn disgleirio rhwng gwefusau pert fel ceirios. A byddai'n canu, wrth gwrs. Roedd ganddi lais fel bronfraith, fel y durtur, oedd yn haeddu ennill – ac wedi ennill – pob cwpan cystadlu yn yr ysgol ac yn yr Urdd.

Llynedd enillodd hi bob cystadleuaeth ganu ac, yn rhyfedd iawn, doedd neb yn genfigennus, oherwydd roedd pawb yn dwlu ar Siriol. Y ffordd y byddai hi'n gwneud *pirouettes* ar y pafin wrth iddi sgipio i'r ysgol, ei llais fel cloch fach arian wrth iddi ganu 'Macrall wedi Ffrio' am y trydydd gwaith y bore hwnnw.

Pan fyddai'n sefyll yn stond i ganu, byddai torf fechan yn ymgasglu i wrando arni'n perganu ei ffordd drwy ôl-gatalog Huw Chiswell a Caryl Parry Jones – y clasuron i gyd. Ond 'Y Cwm' oedd y ffefryn, oherwydd ei bod hi a nhw yn byw mewn cwm, wrth gwrs, ac oherwydd bod pawb oedd yn byw yn y pentre'n gwybod y geiriau i gyd. Byddai gweld ugain a mwy o bentrefwyr yn sefyll ar gornel stryd yn cydganu'n codi'r galon, a Siriol yn sefyll o'u blaenau fel arweinydd bach twt, ei breichiau'n tasgu fel melin-wynt.

Roedd gan Siriol gi, mwngrel cymysg iawn – Heinz Fifty Seven Varieties o anifail – a chanddo glustiau ci defaid a choesau wipet – neu gorfilgi, a defnyddio'r enw cywir – a chynffon oedd yn debycach i frws cadno nag unrhyw beth arall, a llygaid oedd yn dyfrio'n gyson, nes ei fod yn edrych yn drist. Ci oedd yn llefain: dyna i chi beth i ryfeddu ato.

Helô oedd ei enw, ac felly, wrth iddo grwydro i lawr y stryd wrth ymyl ei feistres, byddai pawb yn dweud 'Helô, Helô,' fel plismon dwl mewn pantomeim. Ac roedd Helô'n nabod pob un o gŵn eraill y fro, ac wrth ei fodd yn mynd i arogli eu penolau, neu rwto'u trwynau, neu fynd am ras ar draws y parc.

Does dim angen dweud, efallai, fod Siriol yn disgleirio – yn serennu – yn yr ysgol ac yn medru gwneud ei thablau hyd at 'un ar ddeg deuddeg yw cant tri deg dau, deuddeg deuddeg yw cant pedwar deg pedwar' heb unrhyw drafferth yn y byd. Marciau llawn am arlunio. Un o'r goreuon yn y clwb mabolgampau, yn chwim fel milgi-a'i-gynffon-ar-dân wrth redeg can metr. Rhedai fel mellten! A'i sgiliau darllen, wel, roedd y rheini'n well na rhai ei hathro, Mr Davies, druan, oedd â thamed bach o atal dweud ond oedd yn ddyn hoffus iawn, iawn, iawn. Synnai o weld aeddfedrwydd y ferch a'i sgiliau darllen a deall digamsyniol.

Un diwrnod yng nghanol y tymor, gofynnwyd i'r dosbarth gynnig enghraifft o air hir, a dyma'r ferch fach hawddgar, felynwallt yn cynnig ateb ar amrantiad – *pneumonoultramicroscopicsilicovolcanoconiosis.* Ac roedd hi'n medru esbonio ystyr y gair, sef clefyd mae coliars dan ddaear yn ei gael. Roedd ei thad-cu wedi diodde o'r union gyflwr hwnnw, mae'n debyg, ond doedd ganddo fe ddim digon o anal yn ei ysgyfaint toredig i fedru cyrraedd diwedd y gair am y salwch oedd arno.

Oherwydd ei bod wedi gwrando'n aml ar anadlu trafferthus ei thad-cu, roedd Siriol wedi gweithio'n galed ar ei hanadlu hithau, gan wneud yn siŵr ei bod hi'n medru dal ei gwynt yn dda. Byddai'n rhestru enwau'r disgyblion eraill yn ei dosbarth yn ei phen – un ar hugain ohonyn nhw – a'u hadrodd yn un rhibidirês ac ar un anal:

Rebecca. Rachel. Martha. Molly. Pollyanna. Luke. Matthew. Caradog. Ian. Branwen. Siwsi. Wynford. Kate. Alan. Alun. Daniel. Neil. Amanda. Ei ffrind gorau, Beti Richards. Wyn Pant-glas a Gwyneth Brynmeillion.

Ffiw!

Un o sgiliau pennaf Siriol oedd gallu gwrando'n dda. Roedd yn wrandawraig benigamp, ac roedd hi hyd yn oed yn medru gwrando ar goed yn siarad. Eisteddai'n dawel yng nghysgod yr ywen wrth gât yr eglwys a gwrando arni'n esbonio sut deimlad oedd cael gwiwerod yn rhedeg ar hyd ei changhennau. Mae'n rhaid gwybod yn union sut i sgwrsio â choeden, yn enwedig yr ywen, sy'n swil, nid fel y dderwen, sy'n fodlon siarad ag unrhyw un, unrhyw hen frân.

Ma'n nhw'n ticlo fi, Siriol, ac ambell waith wy'n wherthin cymaint nes 'mod i bron â cholli 'nail, a dyw ywen byth yn colli ei dail, hyd yn oed yng nghanol gaeaf mawr.

A byddai geiriau'r goeden gysgodol, dywyll, yn adleisio yn ei phen wrth iddi seiclo adref, pob gair yn sgleinio fel aeron coch y goeden ei hun. Y gwiwerod yn ticlo'r goeden 'da'u pawennau. Pwy fyddai'n meddwl?

A byddai Siriol yn gwrando hefyd ar hen bobl y pentref, yn casglu eu straeon a'u hanesion nes bod ganddi gynhaeaf o storis rhyfel, storis trist a nifer fawr o straeon am gariad-fyddai'n-para-am-byth. Fel y cariad yng nghalon Mrs Roberts, Pen-y-partridge. Byddai hi'n gwisgo'i ffrog briodas bob nos, gan obeithio y deuai ei chariad, Huw, yn ei ôl o'r rhyfel, er ei bod yn gwybod na fyddai byth yn gwneud hynny mewn gwirionedd, a hithau wedi derbyn llythyr oddi wrth y Cwîn yn cadarnhau ei fod wedi marw. Ond roedd gobaith yn llosgi fel cannwyll yn ei bron. A chlywodd Siriol storis erill oherwydd ei bod yn medru eistedd yn ymyl sgiw neu gadair a gwrando'n astud ac yn dawel. Am y dyn a gwympodd mewn cariad â lleian, ac oherwydd hynny bu'n udo'i hun i gysgu bob nos, ac yntau'n gwybod na fyddai morwyn Duw byth yn ei garu ef. Ddim tra oedd yr Iesu'n gariad iddi.

Un diwrnod, roedd hyd yn oed Smeli Bobi wedi siarad â hi, wel, cyffesu, bron, fod pawb wedi ei gyhuddo o wneud rhywbeth drwg, ac iddo gael ei gau allan o bobman – y capel, y dafarn, hyd yn oed y swyddfa bost – ac mai dyma'r tro cyntaf iddo siarad ag unrhyw un ers dwy flynedd. Teimlai'n well o fwrw'i fol – yn siriolach, dyna'r gair. Yn Siriolach.

Un bore yn yr ysgol, dywedodd Mr Davies, y prifathro, fod yr Urdd wedi trefnu cystadleuaeth newydd bwysig, a gwobr enfawr wedi ei rhoi gan ŵr o'r enw Mr Getty yn America. Roedd y Gettys, a'r sefydliad dyngarol oedd yn dwyn yr un enw, yn ddigon cyfoethog i noddi cystadleuaeth sillafu fyd-eang – neu *spelling bee*, fel y byddai Mr Getty'n ei ddweud – ym mhob iaith dan haul, gan gynnwys y mil a hanner o ieithoedd a siaredir yn India. Byddai rowndiau agoriadol y gystadleuaeth yn cael eu cynnal mewn ieithoedd lle mae'r geiriau'n swnio fel rhywun yn clicio bys, ac mewn ieithoedd sydd ddim yn perthyn i unrhyw iaith arall, dirgel-ieithoedd fel Hwngareg a Ffineg ac Euskara.

A gallai'r un teulu Midasaidd yma yn America dalu am bob rownd a phob gwobr, ta beth oedd yr iaith. Doedd dim gwaelod i ffynnon arian y Gettys, oedd yn fwy cyfoethog na Sbaen a Sweden gyda'i gilydd. A Gwlad Belg. Ac i ddeall pam fod y teulu anhygoel-gyfoethog hwn yn gwario'r fath arian, rhaid cwrdd ag un aelod ohono, dyn ifanc, mab hyna'r teulu presennol, sy'n ddyslecsig. O'i achos e maen nhw'n trefnu'r peth. I geisio cyfnewid anobaith anllythrennedd am y gobaith o ddarllen.

Yng Nghwmgwdi, eglurodd y prifathro y byddai'r disgybl fyddai'n ennill y gystadleuaeth yn derbyn deng mil o bunnoedd – ie, deng mil o bunnoedd – a byddai'r ysgol yn derbyn rhodd o ddim llai na hanner miliwn o bunnoedd! Ie, hanner miliwn, sef pump gyda phum sero'n ei ddilyn: chi'n deall, blant? Esboniodd y byddai'r ysgol yn dewis rhywun i'w chynrychioli, gan edrych yn slei ar Siriol i weld a oedd hi'n deall arwyddocâd y mater, gan mai hi oedd yr un. Gwyddai ym mêr ei esgyrn taw hi fyddai'n cynrychioli Ysgol Cwmgwdi. Heb os nac oni bai.

Drennydd, derbyniodd pob disgybl yn yr ysgol ddarn o bapur yn cynnwys sawl pos, ynghyd â nifer o wahanol dasgau iaith. Yr un cyntaf, er enghraifft, oedd: 'Enw afon enfawr yn America', yna'r llythyren M, wedyn deg bwlch ac yna'r llythyren i-dot, gan edrych am sillafiad cywir Mississippi. Edrychodd Siriol ar y rhestr a datrys pob pos mewn wincad. Ac roedd 'na gliwiau eraill, a dewisiadau i'w gwneud. Anodd. Annodd. Cwestiynnau â dwy 'n'. Cwestiynau ag un 'n'. A geiriau tebyg i'w gilydd. Parlusu. Parlusi. Parlysi. Parlysu. Persli. Parsley. Percy. Perlysiau.

Dim ond un disgybl arall yn yr ysgol gyfan, sef Iori Edward, a gafodd bob un yn gywir, felly trefnwyd deg cwestiwn anoddach iddo fe a Siriol, ond doedd y crwtyn anffodus ddim yn gwybod sut i sillafu Madagascar – sef ag 'c' yn y sillaf olaf – felly cafodd Siriol ei dewis yn swyddogol.

Gwenodd Siriol yn hawddgar ar y prifathro wrth iddo ddatgan wrth yr ysgol gyfan taw hi fyddai'n mynd i wersyll Llangrannog ar gyfer Cystadleuaeth Fawreddog y Siroedd i Gyd, gan ddymuno'n dda iddi a'i llongyfarch yn wresog. Yna ceisiodd y prifathro wneud jôc, sef sillafu 'Ll... o... n... g... y... f... a... r... ch... i-dot... a... d... a... u-bedol' yn araf o'u blaenau. Ond prin oedd y chwerthin oherwydd bod pawb – hyd yn oed y plant ieuengaf yn yr ysgol yn nosbarth Mrs Hughes – yn gwybod bod 'llongyfarchiadau' yn air rhy hawdd o bell ffordd i ferch oedd yn gwybod sut i sillafu Madagascar ag 'c' yn y sillaf olaf.

Yn ystod y pythefnos cyn cystadleuaeth y siroedd, bu mam a thad Siriol yn dadlau'n hir ynglŷn â sut i baratoi: ei mam yn awgrymu dylen nhw brynu geiriaduron i'w tywysoges fach – hyd yn oed yr *Oxford English Dictionary* cyfan os oedd raid, a hwnnw'n costi ffortiwn – a'i thad yn dadlau y byddai'n well gadael llonydd iddi – 'Mae'n hapus gyda'i llyfrau, Hettie' – a pheidio â rhoi mwy o bwysau ar yr ysgwyddau bach.

Y cyfaddawd oedd dysgu deg gair newydd bob dydd, yn Gymraeg ac yn Saesneg i Siriol, gan odro *Geiriadur yr Academi* a chwynnu geiriau defnyddiol allan o lyfr trwchus roedd ei thad wedi'i brynu i lawr yn siop Oxfam, *How to Be the World Champion at Scrabble*. Roedd 'na ddigonedd o eiriau anghyffredin yn hwnnw a allai greu sgôr sylweddol wrth chwarae'r gêm fwrdd boblogaidd. *Adze* oedd hoff un Siriol, oherwydd ei bod yn bosib gosod y llythyren 'z' ar y sgwâr oedd yn treblu ei gwerth. 'Math o fwyell,' esboniodd wrth ei thad pan ofynnodd beth oedd ystyr y gair. 'Ateb siarp,' atebodd yntau.

Gwawriodd diwrnod y gystadleuaeth, ac roedd y teulu cyfan wedi codi'n blygeiniol, hyd yn oed brawd Siriol, Padrig, oedd yn hoff iawn o'i gwsg, bron nes bod yn rhaid derbyn ei fod yn gaeafgysgu, a phrin fod neb yn ei weld rhwng mis Tachwedd a mis Chwefror. Aethant i gyd yn y car i Geredigion, a Siriol yn canu detholiad o ganeuon – 'Waterloo', 'Golden Retriever' ac wrth gwrs, 'Y Cwm', a'i brawd yn cyfeilio drwy daro'i gan o Coca-Cola â'i fysedd.

Roedd y gystadleuaeth yn un syrcas wyllt o lythrennedd: cant ac ugain o gystadleuwyr o bob cwr o Gymru, a chwe mil tri chant o eiriau i'w sillafu yn y gwahanol rowndiau – llythrennau coll, dad-sgramblo clystyrau o lythrennau a'u gosod yn y drefn iawn, rhai yn erbyn y cloc, y pwysau'n gwasgu, y nerfau'n dynn.

Enillodd Siriol y gystadleuaeth yn hawdd, a thoc wedyn daeth gwahoddiad i Gystadleuaeth Sillafu'r Byd yn Miami, Fflorida. Disgrifiwyd hyn fel *The World's Greatest Ever Spelling Bee*, a byddai'n cael ei darlledu'n fyw ar ugeiniau o sianelau teledu ac ar y we oherwydd bod dros gant a hanner o wledydd yn cystadlu, tri chwarter holl wledydd y byd. Methai brawd Siriol gysgu o gwbl, yn enwedig pan glywodd ei fod e a'r teulu i gyd yn hedfan allan i Fflorida. Ac roedd hi'n cymryd lot i wneud i Padrig golli cwsg.

Roedd dros fil o bobl ifanc yn cymryd rhan yn y gwahanol adrannau a chyfle wedyn i ddewis y gorau ohonyn nhw i gyd, ta beth oedd eu hoedran. Roedd hyn yn golygu y gallai Terrence J. McGovern III, crwtyn haerllug, ffroenuchel, un ar ddeg oed, o deulu ariannog yn Houston, Tecsas, fod yn cystadlu yn erbyn Francis Xavier, oedd yn ddeunaw oed ac yn ddarpar offeiriad gyda'r Iesuwyr yn ardal yr Ardennes yn Ffrainc.

Yn ôl pob sôn, nhw oedd dau o'r goreuon er gwaetha'r gwahaniaeth oedran, ac roedd y bwcis yn cefnogi Terrence, yn rhannol oherwydd bod ei fam a'i dad wedi gwario ffortiwn ar arbenigwyr, seicolegwyr ac athrawon i ddatblygu ei gof.

Nid oedd pob techneg yn un i'w chymeradwyo. Er enghraifft, roedd corrach o ddyn o Taipei wedi perswadio Tyrone a Priscilla, rhieni Terrence, fod fflachio rhestrau hir o eiriau ar sgrin enfawr o flaen y crwt, yna rhoi sioc drydan iddo am bob gair yr oedd yn ei anghofio, yn syniad da ac effeithiol. Byddai'r rhieni'n gorfod gadael y tŷ yn ystod y sesiynau hynny i osgoi'r cwynofain a'r llefain a'r gwichian pan fyddai Terrence yn anghofio sut i sillafu geiriau fel *antidisestablishmentarianism* neu eiriau sy'n nodedig o anodd i'w sillafu, megis *conscientious* a *reconnaissance*, *inoculate* a *desiccated*. Dro arall, byddai'r gŵr rhyfedd yn adrodd nifer o eiriau bach yn gyflym, a Terrence yn gorfod cyfarth yr atebion orau gallai. *Siege. Seize. Niece. Weird. Sieve.*

Ond roedd 'na rywbeth ystyfnig yn Terrence – neu efallai ei fod am blesio'i dad a'i fam ym mhob modd posib – ac fe wellodd, ac fe ddatblygodd i fod yn eiriadur ar goesau, yn eofn yn wyneb cymhlethdodau geiriol megis *vermilion artillery battalion* neu eiriau fyddai'n drysu'r rhan fwya o bobl, megis *millennium* a *milenarian*, y naill â dwy 'n' yn y canol a'r llall ag un. Y math o eiriau nad oedd yn achosi unrhyw drwbwl i Siriol, wrth gwrs.

Gwyddai Siriol dipyn bach am bob un o'r cystadleuwyr eraill am fod y ffefrynnau, fel Terrence a Francis, yn cael sylw mawr ar y teledu ac yn y cyfryngau'n gyffredinol. Ond. Bachgen bach o Giwba oedd yr un mwyaf peryglus yn ei barn hi: Jorge Gonzales Garcia, neu 'Magico' fel roedd pawb yn ei nabod. Yn ystadegol, ef oedd ei phrif wrthwynebydd. Bob tro yr enillai – yn Tulsa, Kansas City neu Tulane – gwnâi hynny o sgôr sylweddol. Bu ei deulu'n gyfrwys iawn, a threfnu i fand *jazz* o Havana aros yn y stafell drws nesa i Siriol a'i theulu yn yr Holiday Inn, a'r pum aelod yn ymarfer y drymiau, trwmped, sacsoffon, fibraffon a bas ddydd a nos yn ystafell 128. Chwarae 'Inolvidable', 'Guantanamera' a 'Quizás, Quizás, Quizás' o fore gwyn tan nos. Dim tawelwch o gwbl i'r ferch fach. Wrth gwrs, cysgodd Padrig, brawd Siriol, fel bricsen drwy'r bali lot.

Gwibiodd y diwrnod mawr heibio, yn un gystadleuaeth ar ôl y llall, plant a phobl ifanc o bedwar ban y byd yn rhaffu geiriau mawr a bach i greu un Babel wyllt o atebion ac, fel roedd Siriol yn tybio, cafodd Terrence a Francis eu trechu gan Magico. A chanddi hithau. Nhw oedd y ddau olaf yn y ras. Yr arian yn saff ym mhoced un o'r ddau.

Felly, ar ddiwedd y dydd, dim ond nhw eu dau oedd ar ôl – Magico'n cynrychioli'r byd Hispanig, a Siriol yn cynrychioli Cwmgwdi!

Yn y gystadleuaeth rhyngddynt roedd pob rownd yn gyfartal, gair am air, a chan miliwn o bobl yn gwylio'r ornest ar y teledu ac ar y we, falle mwy, lot mwy. Gwirionai pawb ar Siriol. Ar y wên hyfryd, hyfryd 'na. O Siberia i Shanghai. O Bensacola i Benrhyndeudraeth. A hithau'n edrych fel petai hi wedi gwirioni ar yr achlysur. Yr Ornest Fawr. Merch yn erbyn bachgen. Cof yn erbyn cof. Y Wynwood Convention Centre – lle roedd y Gweriniaethwyr wedi condemnio Fidel Castro fwy nag unwaith – dan ei sang wrth i'r ddau wynebu un sialens ar ôl y llall. Gair arall, gair arall eto. Pob un wedi'i sillafu'n berffaith, nes bod y sgôr yn 59-59, ac felly roedd yn rhaid i'r beirniaid edrych yn y llyfr rheolau i weld beth i'w wneud …

Dyma reol 123: 'Os ydy'r ddau gystadleuydd yn gyfartal ar ddiwedd yr ornest, caiff y ddau osod un gair o'i iaith ef neu hi i'r llall. Bydd munud ganddynt i ddewis, a bydd y sawl aeth yn gyntaf yn y gystadleuaeth yn mynd yn ail y tro hwn, felly'r un a atebodd y cwestiwn cyntaf fydd yn gosod yr ail air.'

Gan mai Siriol aeth yn gyntaf ar ddechrau'r gystadleuaeth, Magico oedd yn gosod y gair iddi hi. Meddyliodd yn ddwys, ond ag ychydig bach o banig yn ei frest wrth iddo chwilio am y gair anoddaf yn Sbaeneg. Edrychodd ei deulu arno mewn panig hefyd, wrth iddo geisio meddwl; ie, dyna'r ateb, chwilio am y gair hiraf – ac yna, mewn fflach o ysbrydoliaeth, dyma fe'n gweld y gair *superextraordinarísimamente* yn ymestyn o'i flaen fel llwybr arian o lafariaid a chytseiniaid yn arwain at fuddugoliaeth.

Ond doedd Magico ddim wedi sylweddoli bod gan yr iaith Gymraeg lot fawr yn gyffredin â'r ieithoedd Lladinaidd, a sillafodd Siriol ei ffordd, yn bwyllog ac yn gywir, at ddiwedd y gair. Gallech glywed pìn yn cwmpo wrth iddi dorri'r gair yn ddau ddeg saith llythyren yn ei phen ac yna dadansoddi'r synau fesul un. Gallech glywed pob anal yn y lle. Bron iddi faglu dros y diwedd am y rheswm syml nad oedd yn cofio'n union beth wedodd y crwt. Mente? Minte? Mante? Nage, mamente. Dyna ni. M. A. M. E. N. T. E. Ffrwydrodd y gymeradwyaeth fel tân gwyllt.

Aeth y dorf yn nyts – y math o glapio y'ch chi'n ei glywed yn gyfeiliant i fflamenco brwd, pobl yn clapio'u dwylo fel tasen nhw wedi mynd o'u co. Diawcs, roedd 'na sŵn, digon yn wir i godi to'r neuadd gynhadledd a'i daflu cyn belled â Hispaniola.

Yna daeth tro Siriol i osod y gair. 'Chwibanogl' meddai.

Gwgodd Magico arni. Trodd wyneb y crwt yn goch ac yna'n biws wrth iddo geisio creu'r siâp angenrheidiol 'da'i wefusau.

Ch… ch… ch… ch… ch… ch…

'Ch' megis Juan, Juarez a *jefe*? Ai dyna'r ffordd?

Sŵn rhywun yn ceisio cynnau ffagl, yr anal yn chwythu ocsigen i ganol y brigau bach? Neu rywun jest yn clirio'i lwnc.

Chchchchchch.

Sŵn statig ar y radio, y neges ar goll yn y sŵn, y sŵn gwyn, yn cracian a chraclo i gyd.

Chch-chch-chchch … chchchchch …

Clywai Siriol y gair 'buddugoliaeth' yn atseinio yn ei chlust.

Chchchchchchchchchchchchchchchch …

DACW MAM-GU YN DŴAD

Mae dinasoedd liw nos, rwy'n teimlo, yn cynnwys dynion sy'n wylo yn eu cwsg ac wedyn yn gweddïo. Mae rhai eraill yn gweiddi yn eu cwsg ac yna'n troi'n fud drachefn. Ac mae 'na ddynion eraill sy'n marw yn eu cwsg ac, wrth gwrs, sy'n dweud dim byd byth eto.

Dyn felly oedd Franco, corff marw gelain, yn gorwedd ar y llawr wrth ymyl ei wely, a neidr ddu o waed-wedi-sychu fel sgarff ddiangen o gwmpas ei wddf. Diangen oherwydd na fuasai'n teimlo'r oerfel – hyd yn oed petasai hi'n oer. Dianghenraid hefyd oherwydd bod y stafell yn dwym, rhwng y gwres canolog a'r tân glo yn y grât. Eto, doedd dim digon o wres i gynhesu gwaed Sesi, gwraig Franco, sy'n gorwedd yn un swp dramatig o boen ar waelod y grisiau.

Os cerddwch o gwmpas y stafelloedd, yn glinigol fel crwner, yn llechwraidd fel cath, gallwch gyfri rhagor. Un, dau, tri. Ie, tri chorff arall. Teulu dedwydd ar ei ffordd i rewgell yr ysbyty lleol. Hynny yw, ar ôl i Mrs Davies – cymdoges ddigywilydd o sylwgar sy'n pipo drwy'r cyrtens gyda phob symudiad neu sŵn – sylwi bod 'na rywbeth o'i le. Nododd Mrs Davies, â'i llygaid barcud a'i chlust am rythm bywyd y stryd, furmur y colomennod wrth i'r haul fachlud, a chlochdar y poteli llaeth am bump y bore. Do, nododd absenoldeb unrhyw gyffro am ddeuddeg awr ac yna galwodd yr heddlu. A gyrhaeddodd mewn sgrechfa o geir oren a gwyn i ddarganfod maint y gyflafan, ac ias gynyddol oer yn tyfu oddi mewn iddynt wrth symud o un stafell i'r nesaf. Pob aelod o'r teulu oedd yn arfer byw yn y tŷ'n uned hapus, ymroddgar, chwareus, yn farw stiff fel diweddglo trasiedi Roegaidd, neu waed-fath megis *Titus Andronicus*. Ar wâhan i un. Mam-gu.

Mam-gu. A chyda hi mae'r stori erchyll 'ma'n dechrau go iawn, a pheidiwch â phoeni, mae'r stori hyd yma'n rhamant o beth o'i chymharu â'r hyn sydd i ddod. Nid pob mam-gu sy'n hel presante, yn dweud storïe, yn gwenu'n ffeind ac yn sbwylio wyrion ac wyresau. O, na. Mae un ym mhob can mil a hanner yn debyg i'r un sy'n golchi'r staen rhydlyd oddi ar ei menig yn y sinc. O'i gweld yn croesi'r stryd byddech yn meddwl – dyna i chi hen fenyw fach ffaeledig, a hithau'n wargrwm dan sang y blynyddoedd, ei gwythiennau'n culhau a'i gwynt yn ei dwrn. Ond y tu mewn iddi mae tymestl, yn fôr chwerw du, yn slop o gawl creulon, dŵr bedyddio'r diafol ei hunan.

Gor-ddweud? Na. Cyfrwch y cyrff llonydd 'na os oes raid. I ddeall yn iawn. Mewn ffordd fforensig.

Ac mae hi ar ei ffordd draw, o ydi. Rhowch glo ar y drws. Rhowch ddau glo ar y drws. Na! Hoeliwch y ffycin drws ar gau. Mae Mam-gu ar ei ffordd. A'r olwg 'na yn ei llygaid. Llygaid sarff.

Ar un adeg, hi oedd yr anwylaf, yr hyfrytaf, yr addwynaf o bob mam-gu yn y galacsi, neu o leiaf yn ne Cymru. Byddai'n treulio bob nos yn gweu storïe i'r plant a eisteddai, eu coesau bach wedi'u croesi a'u llygaid ifanc yn pefrio, yn craffu ar y cymalau, yn dilyn llif ei brawddegau, yn union fel y byddai un ohonynt, Bili-bo, yn dilyn brithyll yn llif y nant a redai ar hyd gwaelod yr ardd cyn eu ticlo i'r lan. Byddai Bili'n gwrando ar ei fam-gu yn gweud storïe, a'i gwëyll yn cadw rhythm fel metronom i sŵn y geiriau – cliceti, claceti, clic; clic, clic, clic. Flynyddoedd yn ddiweddarach, deuai'r crwt i ddeall beth oedd y storïe yma. Un diwrnod yn Llandrindod, prynodd gopi clawr lledr coch o *War and Peace*, a phan ddechreuodd ddarllen, sylweddolodd mai dyna un o'r storïe a adroddai Mam-gu. Roedd ganddi gof da. O, oedd. Pennod ar ôl pennod, noson ar ôl noson, adroddai *Great Expectations* ac *Un Nos Ola Leuad.* Disgrifiodd anturiaethau Huckleberry Finn ac Enoc Huws. Ac roedd Bili-bo a'r plant eraill yn dwlu ar y storïe ac ar lygaid cwrens duon Mam-gu. Roedd ei gwallt yn wyn fel yr eira, ei llais fel candi-fflos, a hi oedd y fam-gu orau yn y byd i gyd. Doedd 'na ddim amheuaeth. Doedd 'na ddim cystadleuaeth. Hi oedd yr un.

Roedd hi'n byw lawr llawr yn eu tŷ melyn fel briallu, oherwydd llid y cymalau, ac roedd y llawr cyfan yn llawn dop o ryfeddodau. Roedd yna gypyrddau'n llawn anifeiliaid wedi'u stwffio. Gwenai tylluan wen ar gangen uwchben y soffa ac roedd babŵn – ei ben-ôl yn llachar binc ac yntau'n 'sgyrnygu'n wyllt – yn cwato'r tu ôl i ddresel oedd yn llawn llestri coch a gwyn. Nid y lleiaf ymhlith y rhyfeddodau oll oedd arfwisg o'r gorffennol pell. 'Rhan o hanes y teulu, blant,' byddai Mam-gu'n ei weud wrth bolisio'r metal â photel fach o Brasso.

Roedd Mam-gu'n hapus yn ei chartre clyd, hi a Dad-cu. Dyn tenau oedd e – sgerbwd wedi'i lapio mewn haenen femrwn o gnawd. Os o'dd Mam-gu'n fenyw ddu-a-gwyn-ond-lliwgar, roedd Dad-cu yn ddi-liw, dawel, bron yn fud, yn hen fel mynydd ac un diwrnod bu farw'r hen foi'n ddisymwth, heb fod ganddo annwyd na dim byd.

Nid aeth Mam-gu allan lawer ar ôl yr angladd – defod capel ar fore llwyd-oer o rew a galar, a boda fry uwchben yn mewian mewn niwl o gymylau. Enciliodd yr hen fenyw i fyd meudwyaidd. Bellach, roedd wedi symud i fyw mewn ogof o boen a thristwch a galar. Roedd hi a Wil wedi priodi hanner can mlynedd ynghynt ac wedi rhannu hanner canrif o fywyd priodasol. Roedd 'na wacter ar ei ôl. Doedd 'na ddim wedi iddo fynd. Y byd fel pydew, neu un o'r tyllau duon y soniodd Bili-bo amdanynt ym mrodwaith y bydysawd, y rhai sy'n sugno sêr i'w crombil.

Rhoddodd mam a thad y plant deledu lliw iddi'n gwmni, ac ar ei phen-blwydd, yn anrheg sbesial, cafodd beiriant recordio fideos. Clywai'r plant ei llais egwan yn llefain yn y nos, ond ni welent mohoni byth. Byddai'r hen fenyw'n aros yn ei stafell, y gwëyll yn gorwedd yn dawel wrth ei hymyl, wrth iddi wylio pymtheg awr, ugain awr ambell waith, o luniau teledu, y delweddau'n fflicro yn yr ymennydd fel atgofion neu wib-angylion ar eu ffordd i rywle arall.

Rai blynyddoedd yn ôl, gwnaethpwyd ymchwil yn America ar wylio'r bocs. Mae'n debyg fod rhywun sy'n eistedd i lawr yn gwylio'r teledu'n gwneud *llai* na rhywun sy'n gwneud dim byd o gwbl. Pan mae rhywun yn gwneud dim byd, o leia mae cyfle i feddwl beth i'w wneud nesa, ond mae'n debyg fod watsho'r teledu'n hoelio hynny o sylw sy gyda chi nes nad y'ch chi'n meddwl cymaint â hynny. Yn meddwl dim, mewn gwirionedd.

Gwyliai Mam-gu *The Time, The Place* a chartwnau i blant. Syllai ar *Gladiators*, *Coronation Street*, *EastEnders* a *Pobol y Cwm*. Byddai'n edrych ar y merched hanner noethlymun yn *Baywatch* a dysgu sut i wneud pethau defnyddiol gyda hen boteli plastig ar *Blue Peter*. Clywai newyddion tramor a newyddion cartref. Edrychai ar batrymau'r gyfnewidfa stoc yn newid o ddydd i ddydd, yn Tokyo, Paris, Efrog Newydd a Shanghai. Dilynai *NYPD Blue* a tharo *Bullseye*. Boddai mewn delweddau o newyn yn Affrica; gwibiai ceir Fformiwla 1 ym Monaco a Rio de Janeiro o flaen ei llygaid. Ni syrffedai ar y gemau cwis diderfyn. Syrffiai'r sianelau, o lewpart yn llarpio carw bach i sioeau ffasiwn; o bêl-droedwyr fel pypedau gwyllt yn yr Eidal i fenyw â gwên ffals yn paratoi pice ar y ma'n. Gwelai bedwar cant o hysbysebion yn feunyddiol. Dechreuodd feddwl am Jeremy Paxman a Beti George fel aelodau o'i theulu. Mab i bwy, tybed? Merch i bwy yn union oedd Beti?

Ond, yn fwy na dim, byddai'n mwynhau'r ffilmiau gyda'r hwyr. Ffilmiau cignoeth. Ffilmiau rhyfel yn tasgu gwaed ac yn drewi o gyrff llosg. Ac yn raddol, daeth i ddisgwyl a dibynnu ar y pleser a lifai drwy ei gwythiennau'n gyflymach na'i gwaed tenau ei hun wrth i gyllell dorri cnawd, wrth i'r dyn mewn masg ddilyn y ferch ifanc 'nôl o barti ysgol mewn rhyw dre neu'i gilydd yn America. A byddai'n mwynhau un ffilm yn arbennig. Carai'r ffilm yn fwy na'r atgof am ei chymar, Wil. *Reservoir Dogs.*

Roedd Mam-gu'n dwlu ar *Reservoir Dogs*, yn enwedig y darn lle mae'r lleidr yn mynd i dorri clust y plismon oddi ar ei benglog. Fel sleisio darn o gig moch. Roedd wedi dysgu sut i ddefnyddio'r peiriant fideo er mwyn tapio *Dogs*. Roedd yn ffilm a hanner, ac yn gwneud iddi deimlo ugain mlynedd yn iau. Plot cymhleth ar y naw, cronfa o waed, dynion mewn siwtiau duon fel dynion torri beddau. Fe'i gwyliai o leia ddwywaith y dydd: y trais, y siwtiau smart, y gwaed yn tasgu, yn rhaeadru ym mhobman. Edrych ar y poenydio cyn bwyta cawl ac ar ôl bwyta cawl. Os oes unrhyw un yn meddwl nad oes gan drais ar y bocs unrhyw beth i'w wneud â thrais yn y byd go-iawn, byddai'n syniad iddo stelcian drwy'r llwyni yn yr ardd – yn union fel Jason, y seicopath yn *Halloween* – ac edrych i mewn drwy ffenest gefn Mam-gu i weld sut mae'n hogi cyllell, a'r gath yn mewian mewn poen oherwydd yr hoelen drwy ei chynffon sy'n ei chadw yn ei hunfan.

Mae Mam-gu'n newid cymeriad. Mae Mam-gu wedi blasu gwaed fel haearn yn llenwi ei cheg, wedi dysgu caru sŵn ofn, ie, caru *sŵn* ofn, yn union fel yr arferai garu emyn.

A hi, Mam-gu, hen wraig addfwyn, a bwyell yn un llaw a chnapyn o wallt gwaedlyd yn y llaw arall, sydd ar ei ffordd draw i'ch gweld. Wythnos diwetha, gwelwyd hi yn Llanybydder, a'r un noson aeth tri chi ar goll am byth. Mae rhai wedi'i gweld hi'n cadw draw o olau'r stryd ar noson niwlog arall yn Nolgellau. Felly, pan fyddwch yn clywed sŵn gwichian uchel, sŵn ewinedd yn crafu eu ffordd i lawr gwydr y ffenest, neu wrth i rywun guro'r drws a hithau ymhell ar ôl canol nos, efallai mai Mam-gu fydd yno. Ac yn ei llaw, efallai y bydd ganddi bresant i chi. Mae Mam-gu'n hoffi rhoi presante. Yn sicr mae hi ar ei ffordd. O, ody. Mae'n amser gweddïo nawr. A'r wawr yn bell i ffwrdd.

DAFAD GOLL

Roedd gan Robbie Green gathod yn ei gwpwrdd, cynifer, yn wir, nes bod angen wardrob llawr-i'r-nenfwd IKEA i'w cadw nhw i gyd, yn troelli'n anniddig ac yn methu setlo. Pan oedd e'n byw mewn fflat dan ofal y gwasanaeth prawf yn Llanelli, bu'n mercheta mor ddiwyd nes byddai pobl ar hyd a lled y dre'n dweud y geiriau 'hen gwrcyn y diawl', a byddai pawb yn gwybod yn syth am bwy roedden nhw'n sôn. Un tro, bu'n rhaid i Robbie ddianc drwy ryddhau'r gwydr o ffenest llofft pan ddaeth y gŵr adre'n annisgwyl. Ac nid unrhyw ŵr oedd hwnnw, chwaith, ond Terry Fletch, oedd yn dysgu *karate* yn null *kyokoshinkai* mewn *dojo* i lawr yn Burry Port ac yn ofni neb na dim.

Ar ôl y camsyniad pantomeimaidd hwnnw, bu'n rhaid i Robbie symud i Ben-y-bont ar Ogwr ar sail y ffaith nad oedd *neb*, ai ripît, *neb* yn symud *i* Ben-y-bont ar wahân i'r anffodusion oedd yn mynd ar eu gwyliau olaf i'r hosbis newydd ar gyrion y dre. Hyd yn oed yn nhre fwya di-ddim Cymru – sy'n gartref i'r Kwiksave hylla yn y bydysawd – roedd sibrydion am ŵr arall roedd Robbie wedi'i fradychu. Roedd hwn yn dal mor gynddeiriog fod Robbie wedi bod yn shelffo'i wraig, ac yntau'n chwysu yn y fyddin ar gyrion Basra, nes ei fod wedi cynnig deng mil o bunnoedd i unrhyw un fyddai'n lladd Robbie ar ei ran. Deng mil. Byddai Robbie wrth ei fodd â deng mil, ond byddai lladd ei hun er mwyn cael yr arian yn cownter-prodyctif. Gyda help aelod unllygeidiog o staff – na, nid ffordd o ddweud yw hon, un llygad oedd gan y boi 'ma yn Jobcentre Plus – mi gafodd swydd yn y diwydiant arlwyo personol. Dyma sut y disgrifiwyd y swydd gan yr unllygeidiog ŵr – y cam cyntaf mewn gyrfa newydd.

Pe bai Tantalws yn byw yng Nghymru yn yr unfed ganrif ar hugain, byddai ei ddilema – sef estyn am rawnwin sydd wastad cwpl o fodfeddi y tu hwnt i'w afael – yn debyg i sefyllfa Robbie yn ei waith yng ngwesty tair seren AA y Deux Saisons yn Ewenni. Yma, roedd y bwyd yn eitha da, a'r *chef*, dyn ag enw ac acen annealladwy o Fwlgaria, yn bencampwr ar wneud bwyd canol-y-ffordd i'r dosbarth canol oedd yn gweddu'n berffaith i'r canu gwlad FM / MOR oedd yn chwarae yn y bwyty bob nos. Prôn coctel. *Steak au poivre*. Tiraffycinmisw. Roedd perchennog y gwesty'n gybydd yr oes fodern, ac er y byddai bwyd yn sbâr ar ddiwedd pob nos, byddai'n disgwyl i bopeth fynd i grombil y whili-bin yn hytrach na'i roi e i'r staff am ddim. Roedd Robbie'n gorfod stopid yn McDonald's i gael Double Cheeseburger Meal, a defnyddio deg *sachet* o saws coch i guddio blas marw-ddwywaith y cig. Rhwng hynny a'r ffaith fod pris ar ei ben, dechreuodd ei groen newid lliw. Pan fydd y Barwn Samedi'n crwydro mynwentydd ynys swreal Haiti yn ei het dal, ddu, yng nghanol y nos i gyfarch y sombis sydd ar grwydr – eu llygaid fel soseri a'r nos mor dywyll â bola buwch – mae croen y meirwon yr un lliw â chroen Robbie druan. A does dim byd iach ynglŷn â sombis. Dim sba holidês na fitaminau cyson i sombis, thanc iw.

Felly, jobyn di-ddim a fflat llawn papurau sydd gan ein gwrtharwr. Papurau? Wel, mi brynodd Robbie declyn allan o un o'r catalogau hurt yma ry'ch chi'n eu cael am ddim gyda'r papur dydd Sul, teclyn sy'n prosesu papur dyddiol yn friciau bach rownd, ac mae'n bosib llosgi'r rhain yn y tân yn lle coed, yn ôl yr hysbyseb. Ond dyw Robbie ddim yn ŵr busnes. Yn gyntaf, does ganddo ddim lle tân, ac yn ail, bu'n prynu papurau bob dydd am fis, a'r rhain yn costi deugain punt yr wythnos iddo. Gallai fod wedi brynu pum sachaid o goed tân am yr un arian. Ac mae'r papurau'n troi'n felyn yn barod, fel croen Robbie Green, dyn mewn argyfwng.

Felly, mae'n troi at y botel am benwythnos coll, gan gymysgu coctels o Thunderbird a Concorde, gwin coch Prydeinig ddylai fod ar yr un silff â Listerine yn y Tesco Metro (yr uffern fodern) lle mae Robbie'n siopa. Ac mae e'n casáu Tesco yn fwy nag mae e'n casáu Eminem (am ei ragrith cerddorol), Tony Blair (am ragrith sy'n morio mewn llyn o waed plant Irac) a Sandy Toksvig ar Radio 4 (am ei llais cyllell fara).

Mae'r penwythnos yn llifo'n ddi-dor hyd ddechrau'r wythnos, ac erbyn y dydd Mawrth mae ei ffrind newydd, Lenny, yn dechrau cyflwyno cyffuriau iddo, fel asiant Temtasiwn yn dweud: 'Dewch i mewn i'm fferyllfa amgen a thywyll'. Erbyn diwedd y mis, mae Robbie wedi trial deg cyffur sydd wedi ei ddrysu a'i barlysu a rhoi blas y wermod ar ei fywyd. Ond teimlai ar brydiau y gallai sglefrio ar y cymylau, neu flasu lliwiau, neu glywed cerddoriaeth y coed yn blaguro. Gwelodd un o'i gyfeillion newydd yn chwistrellu hylif du fel gwaed Satan o syrinj yn syth i wythïen yn ei wddf oherwydd nad oedd yr un yn ei fraich yn medru dygymod â chael ei thyllu eto. Deallodd Robbie bryd hynny nad yw'n bosib gweld pen pella'r Pydew Mawr, achos dyw'r golau ddim yn cyrraedd y gwaelodion hollddu hynny.

Dydd Iau. Gwasgodd y llythyr diswyddo a'r bygythiadau cardiau credyd i fol ei declyn i wneud bricsen newydd, llosgodd y carped ac arllwys *tequila* Jose Cuervo (y pwrcas ola ar ei gerdyn Visa) yn afonig docsig drwy ei gorff. Bron iddo fethu sylweddoli bod ei fflat ar dân. Llwyddodd i ddianc gyda hanner potel o'r Cuervo a thywel i'w atgoffa'i fod wedi ymweld â'r Hotel Mirabella yn Bournemouth rywdro, a'r ddau beth hyn oedd cyfanswm ei holl eiddo. Cyrhaeddodd ben y stryd mewn pryd i guddio mewn perth a gwylio sbectacl y dynion tân yn chwistrellu cymaint o ddŵr ar y fflamau nes bod ager yn codi o'r llechi, a'r to fel peiriant creu niwl yn Hollywood o'r herwydd. Yfodd gynnwys y botel ar ei dalcen a gadael am y dre i chwilio am Lenny. Ond roedd Lenny'n medru osgoi cardotyn cystal â mongŵs sy'n delio 'da chobra. Ceisiodd Robbie werthu'r tywel, ac yn wir mi lwyddodd, ond doedd yr ugain ceiniog a gafodd amdano ddim yn ddigon i wneud unrhyw beth ag e, felly mi roddodd yr arian i ddyn byddar oedd yn gwrando ar ddim byd ar set radio ddifatri ar ben Stryd Norton.

Mae 'na dair miliwn o straeon yn y wlad yma, ond dyma un am ddyn ar ben ei dennyn, paffiwr ar y rhaff ac allan o anal. Robbie Green. Pedwar deg saith mlwydd oed. Boi oedd wedi cael parti hir heb ddigon o stêm i glirio'r gweigion yn y bore. A phan ddihunodd ar stepen drws siop ddillad Tuffins ar ôl noson o doddi'r cerdyn Mastercard ola drwy yfed *depth charges* (yn yr achos yma, peint o seidr a sgwner o Drambuie'n eistedd yng ngwaelod y gwydr, i chi nad ydych yn *cognoscenti* diodydd echrydus), penderfynodd mai cerdded ymaith fyddai orau. A chyda cherddediad sigledig, rhywbeth tebyg i rywun â St Vitus' Dance yn stumio fideo'r gân 'Thriller' gan Michael Jackson, aeth ar hyd y ffordd fawr allan o'r dre. Anelodd am y bryniau y tu hwnt i Ben-coed a ffatri enfawr Sony. Rhoddodd hen fenyw y tu allan i Spar ganied o Coke iddo ac fe brynodd rhywun arall frechdan iddo o garej Martin the Motors. Mae'n wir taw'r tlawd yw'r bobl gleniaf.

Wrth i'r tir godi, a ffatrïoedd y dre droi'n focsys bach yn y pellter, dechreuodd arogleuo sawr gwahanol: gwyddfid ffres yn dechrau sbrowtio blodau fel clustog yn y clawdd ac yn fwyd i'r pilipalod a'r bymbl-bîs, a'r gwyfynod a ddawnsiai wrth edrych ymlaen at y gwyll. Saethodd gwenoliaid drwy'r awyr gan neud synau bach trydanol. Eisteddodd Robbie wrth ymyl yr hewl i gael ei anal ato ac archwilio'i bocedi i weld os oedd unrhyw beth neis yno – rhyw bilsen fach wedi cwympo tu ôl i'r leinin, neu bapur degpunt wedi'i rolio i gornel ei jîns. Ond doedd dim byd yno. Mae mathemateg yn gyson. 0 + 0 = swît F. A.

Yn y pellter, fe welai hen ddyn yn cerdded tuag ato, a dau gi defaid yn osgordd chwareus o'i flaen.

'Howsitgoing?' holodd yr hen ddyn, cyn gofyn caniatâd i eistedd i lawr, a'i lygaid duon yn glên dan barasól ei aeliau trwchus. Yn ei gwrcwd, estynnodd botel o gwrw sinsir, ac o fewn munudau mi roedd Robbie'n arllwys ei galon wrth fol y clawdd. Gwnaeth hyn oherwydd bod y dyn yn ddieithr iddo ac oherwydd bod 'na gyfnodau pan mae'n rhaid gollwng gafael ar y gorffennol. Ei adrodd ar ffurf stori wnaeth e, er mwyn gallu cerdded i ffwrdd a gadael fersiwn bach o'i fywyd ar gyfer rhywun arall. Dyma fe'n rhestru ei ffaeleddau, a disgrifio sut roedd hyd yn oed y gorwel yn ddim ond ffordd o fesur ei anobaith. Ac wrth iddo adael i'r dagrau lifo, estynnodd yr hen ddyn i waelod ei got garpiog a gafael yn rhywbeth a edrychai fel cwningen. Na, nid cwningen, ond ci bach ifanc, cysglyd, a'i lygaid fel botymau siocled bach, a dwy glust drionglog. A dyma'r hen ddyn yn dweud wrth Robbie y byddai'n cymryd dwy flynedd iddo hyfforddi'r ci.

'Wharyoumeantrainit?' meddai Robbie.

Cododd yr hen ŵr a gwahodd Robbie i wneud yr un fath. Chwibanodd ddwywaith ac fe stopiodd y cŵn chwarae. Dim ond edrych a gwrando'n astud roedden nhw. Dyma'r hen ŵr yn chwibanu drachefn, a'r ddau gi'n mynd ar ras, eu cyrff cyhyrog yn tasgu tuag at y tir agored lle roedd hynny o rug oedd yn weddill ar dir uchel de Cymru'n porffori'r tirlun. Yna dechreuodd y cŵn weithio'r defaid, gan dynnu hanner cant o anifeiliaid yn un praidd, a'r hen ddyn yn esbonio mai cyfuniad o reddf heidio'r cŵn a thwpdra'r defaid oedd yn gyfrifol am allu'r cŵn i'w rheoli nhw. Roedd hyd yn oed yr hyrddod ffyrnig yr olwg, oedd yn frenhinoedd ym myd y defaid, yn bethau llwfr pan oedd Mighty a Frenchletter yn cyfarth iap-iap mewn cylch o'u cwmpas.

'Trainedimtodoit. Beendoinitforsixty'ears. Ewecandoittoo.'

Awgrymodd y gallai Robbie setlo yn y sièd y tu ôl i'r fferm am noson neu ddwy o leia, er mwyn iddo gael amser i ystyried beth fyddai ei gam nesa. Ond wrth iddo ddilyn y dyn, teimlodd Robbie'r corff cynnes yn ystwyrian o dan ei grys. Y ci bach, rhyw

Smot o gi, fel blanced thermal yn agos at ei galon. Eisoes, roedd e'n sylweddoli bod 'na waith i'w neud cyn dod i ddeall gallu'r ci bach, a'i allu ef i gael unrhyw grap ar ddisgyblaeth. Yn y bore, byddai wyau ffres a bara cartre a chanu hen geiliog yn sefyll ar Ararat o dail ceffyl. Ond, am y tro, dilynodd Robbie yr hen ŵr i'w gartref newydd, a'r ci bach yn setlo i lawr i rythm ei gerddediad ac i fynwes ei arogl arbennig ef.

Dros yr wythnosau nesaf, dysgodd Robbie am ufudd-dod y ci. Y ci oedd yn ei ddilyn fel cysgod. Ac erbyn hyn roedd gan y cysgod enw. Brackla. Ci Robbie. Dotiai arno fel y dotiai'r ci arno yntau, ei feistr.

Edward oedd enw'r hen ddyn, ac roedd ganddo gwpwrdd llawn tlysau a gwobrwyon o'r dyddiau pan fyddai'n teithio o sir i sir yn cystadlu mewn treialon cŵn defaid. Yn eu plith, roedd roséd urddasol o Fynydd Islwyn a chwpanau am ennill treialon ym Mhen-y-bont, Powys, yn Henfron, yn Nhrefaldwyn ac yn Nyffryn Nantlle. Yr un orau oedd y cwpan am ennill cystadleuaeth Cymru gyfan yn 2001.

Byddai Edward yn glanhau pob un o'r rhain yn ddefodol unwaith y mis, â Brasso yn gyntaf, ac yna'n rhoi sglein perffaith arnynt â macyn poced. Jobyn ei fab, Ray, oedd hwn yn arfer bod pan oedd e'n tyfu lan. Ond bu Ray farw ddeunaw mlynedd yn ôl mewn damwain car ofnadwy, oedd yn esbonio, mewn ffordd seicoleg-bopaidd, y berthynas glòs a hawdd a dyfodd yn gyflym ac yn gryf rhwng Edward a Robbie. Ond roedd 'na rywbeth arall hefyd ...

Gwelid y 'rhywbeth' yma ar lethr bryn un prynhawn o des ac awel fwyn – ond dim digon o awel i symud breichiau'r melinau yn fferm wynt Cynffig – wrth i Edward ddechrau cyflwyno'r grefft o hyfforddi ci. Gwrandawai Robbie arno'n astud, fel tase fe 'nôl yr yr ysgol fach yn Nhrimsaran lle cafodd ei addysg gynnar, ond lle na ddysgodd ddim ar wahân i sut i gamfihafio a sut i ddala brogaod.

Esboniodd Edward taw'r peth cyntaf i'w gofio oedd fod cŵn ifanc yn dueddol o symud yn rhy gyflym, gan wneud bywyd yn anodd i ddafad a bugail, a bod angen gwneud yn siŵr bod y ci'n arafu, gan weithio'n effeithiol ac awdurdodol.

Felly dyma ddechrau ar y dasg gyda Brackla, ci ifanc ag ysbryd whilmentus, ei drwyn ym mhopeth, a'i glustiau'n fyw i bob sŵn, o wichiad llygoden y maes i fewian y bwncath. Anodd oedd cael Brackla i slofi i lawr, ond dangosodd Edward i Robbie sut i gadw rheolaeth drosto.

Pwysleisiodd yr hen ŵr bwysigrwydd cadw'n agos at y ci, oherwydd y pella i gyd bant yr oedd y ci, lleiaf o reolaeth fyddai gan Robbie drosto. Bob hyn a hyn byddai Edward yn tanio'i getyn ac yn sefyll yno'n hamddenol yng nghanol y cae fel tase fe'n frenin yn gwerthuso'i deyrnas – y môr yn sglein llachar fel ôl malwen enfawr tua Phorthcawl a Southerndown, y twyni tywod i'r dwyrain o waith dur Port Talbot, simneiau'r gweithfeydd eu hunain, ac i'r gogledd, y coedwigoedd diddiwedd, yn edrych fel petai rhywun wedi patsio brodwaith y tirlun â hen ddarnau o got ddu. Safai Robbie wrth ei ymyl yn cyfri'r dyddiau ers iddo gael drinc.

Yna, mewn llais oedd yn awdurdod ynddo'i hun, dyma Edward yn esbonio sut roedd yr hyfforddwr yn gorfod brwydro yn erbyn hen, hen reddf y ci i hela, a gwneud iddo weithio mewn pac. Os oedd ci ifanc fel Brackla'n bell o'r pac, roedd yn bihafio fel unigolyn, yn annibynnol, yn unigolyddol, yn mynd ei ffordd ei hun o gwmpas y cae, gan anwybyddu aelod swnllyd y pac, sef Edward, oedd yn sefyll ar ddwy goes ac yn gweiddi neu'n chwibanu o ddau gan llath i ffwrdd.

Bydd araf, bydd awdurdodol, gwna'n siŵr dy fod wastad yn canmol y pethau da mae'r ci'n eu gwneud, cadwa oslef dy lais yn isel ac yn gysurlon. Dyna oedd bwrdwn gwers Edward. Roedd Robbie'n ddisgybl da, bron fel tase hyfforddi cŵn defaid yn ei waed, ac yntau'n siarad mewn llais cysurlon, ond digon cryf i ddatgan yn glir pwy oedd yn rheoli'r pac, a gwneud yn siŵr bod Brackla'n gwybod ei le yn y pac hwnnw.

Gan amla, byddai'n cymryd misoedd i hyfforddi ci, ond roedd 'na gystal cysylltiad rhwng Robbie a'r ci bach nes bod Robbie'n medru cerdded am yn ôl, a grŵp o ddefaid rhyngddo fe a Brackla, yna cerdded ymlaen yn araf, bron yn urddasol, a byddai'r dyn a'r ci'n symud yr anifeiliaid heb eu dychryn o gwbl.

A chyn hir, roedd Robbie'n medru chwibanu deirgwaith a byddai Brackla'n arafu nes ei fod yn newid o drotian i stelcian megis, ei bawennau gwynion yn cyffwrdd â'r ddaear ag urddas un o'r ceffylau 'na ry'ch chi'n eu gweld yn Awstria ac Andalwsia, yn cyffwrdd y ddaear megis balerina, yn ysgafndroed fel pluen, ond yn symud mlaen yn hyderus, a phwrpas ym mhob symudiad, sef cael y defaid i symud i ble roedd e eisiau iddyn nhw fynd. Ac i blesio'i feistr, i fod yn gyfan gwbl ufudd iddo.

Ar ddiwrnodau gwael, pan oedd LSD ac ecstasi'r gorffennol yn chwarae triciau ar feddwl Robbie gan daflu mellt amryliw i grochan berw ei graniwm, byddai'n gweld mwy nag un ci a mwy nag un cysgod, a'r cysgodion hynny'n lliwiau *day-glo* fel plancton mewn môr trofannol. Rhedai'r ci i ben y mynydd ac yn ôl i'w blesio, a byddai'n cyrraedd 'nôl a'i ysgyfaint yn bygwth ffrwydro o'i asennau a'i dafod hirbinc yn hongian bron at y llawr. Dros y misoedd, dysgodd ei feistr ei bod yn bosib caru anifail, a bod modd i'r anifail hwnnw fod yn well ffrind nag unrhyw un o'r cwmwl prysur o far-glêr fyddai'n ei amgylchynu pan oedd llond bag o Carlo yn ei boced. Rheini fyddai'n diflannu fel un o Nazgûl *Lord of the Rings* pan na fyddai talc trwyn ar gyfyl y lle.

Ac ambell waith, pan fyddai'r ddau yng nghwmni'r hen ddyn, wedi dysgu rhywbeth newydd – sut i ddod ag oen marw'n fyw, neu rywbeth am dwpdra'r defaid – byddai Robbie'n sylweddoli ei fod yn newid. Bob yn dipyn. Roedd e'n ennill tamed bach o hunan-barch wrth iddo dorri caethiwed y cyffuriau. A phan fyddai'r haul yn graddol ddisgyn fel tanjerîn draw tuag at Mynydd

Bach a Phen y Gwcw, a'r ddau ddyn yn rhannu thermos mawr o de a brechdan wair – ie, wir i chi, brechdan blydi gwair wedi'i sbrinclo â siwgr – a'r cŵn yn chwarae pi-po yn y gwrychoedd a'r llwyni, byddai Robbie'n edrych yn ôl dros lanast ei flynyddoedd gwyllt. Wrth iddo fwytho clustiau twym y ci a gwrando ar lais yr hen ŵr a'i ffrwd o eiriau pert, gallai deimlo bod pethau'n dda nawr. Yn dda ac yn syml fel sudd gwyrdd y gwair a briwsion y bara ar ei wefusau. Yn syml fel yr haul yn toddi i mewn i'r tir fel satswma rhyfedd, yn troi'n ddim byd ond cylch yn suddo ac yn gadael atgof o liw oren yn y cof.

BETI POWEL A'R YMBARÉL

Pan brynodd Beti Powel yr ymbarél, doedd ganddi ddim syniad y byddai'n bwrcas mor arwyddocaol, mor, wel, mor *drawsnewidiol.*

Ond gwell dweud rhywbeth am Beti ei hunan cyn edrych ar ei phwrcas, gan y bydd hi'n newid o fod yn gymeriad digon diddorol i fod yn arwres yn yr ugain munud nesaf. Darllener ymlaen.

Gweddw chwe deg un mlwydd oed ydyw, ei gwallt wedi britho'n sglein o arian byw gan wneud iddi edrych yn urddasol, 'chydig bach fel Duges Caint – nid bod Beti'n rhyw hoff iawn o'r teulu brenhinol.

Byw ar ei phen ei hunan y mae hi. Cwympodd ei gŵr, Len, yn farw wrth dorri cidni bêns yn yr ardd fis Awst diwethaf. Byddai'n disgrifio'r diwrnod hwnnw drosodd a throsodd i'r llu o alarwyr a chydymdeimlwyr a ddaeth i'w gweld i rannu paned ac atgofion. 'Na ble roedd e, Len, yn ei gardigan las a'i drwser Oxfam, pan welodd hi e drwy ffenest y gegin, yr hen ŵr yn plygu drosodd a'r *secateurs* o B&Q yn ei law dde, a'r peth nesa roedd e'n cwympo'n araf, araf i'r pridd, fel dyn ar barasiwt. Roedd hi wedi llefain am fisoedd: roedd e'n ddyn a hanner, a chalon lawn a jôc at bob achlysur. Len, ei gŵr ffyddlon am dri deg un o flynyddoedd.

Y peth mwyaf nodweddiadol am Beti, y peth fyddech yn ei nodi mewn lein-yp yng ngorsaf yr heddlu, dyweder, yw ei llygaid llwyd tywyll, yn dywyll fel llechi 'Stiniog, ond heb fod yn llygaid creulon, o, na; ac ar ben hynny, roedd ganddi wên fel diwrnod llawn o haf, gwên i godi'r ysbryd, gwên i ddathlu'r dydd. O, roedd hi'n fenyw glên a hawddgar. Cytunai pawb ar hynny. Disgleiriai wrth gerdded.

Ond roedd 'na dwll yn ei hymbarél, yr hen un oedd wedi bod drwy sawl tymestl a storm, wedi'i helpu hi i gysgodi rhag glaw maint marblis yn peltan arni, neu ei chadw'n sych rhag y math o law mân sy'n ceisio treiddio i fêr eich esgyrn.

Dim ond twll maint hen bishyn dimai oedd e, ond roedd yn ddigon i newid yr ymbarél i fod yn rhidyll.

Felly, dyma Beti'n dal y bws 61 i ganol y dre, a syniad yn ei phen o brynu ymbarél clasurol, du, a handlen bren solet, y math o beth fyddai'n dod gyda garantî am flwyddyn.

Ond pan gyrhaeddodd y siop, roedd 'na sêl ymlaen, ac roedd Beti'n un am fargen, boed yn tw-ffor-wyn neu thri-ffor-tw neu sticer yn cynnig 89 ceiniog oddi ar bris darn o gaws Roquefort. Ac roedd dewis helaeth, oherwydd hwn oedd 'This Season's Clearance'. Cant a mwy o ymbaréls amryliw, wedi eu gwneud o naw math o blastig; ambell un drud wedi ei neud o gynfas – a hyd yn oed un wedi ei neud o'r math o oelcloth byddai morwyr yn ei wisgo wrth groesi'r Iwerydd yn yr hen ddyddiau. Ymbaréls i gefnogwyr clybiau pêl-droed o Man U i Abertawe, a sawl un â slogan arno – rhai yn ystrydebol, megis 'Rain, Rain Go Away', ond ambell un mwy clyfar, megis 'Il Pleut', ac un â rhestr eironig o enwau sawl diffeithwch rownd yr ymyl: Nevada. Atacama. Gobi. Sahara. Byw mewn gobaith o wres fel ffwrn a haul tanbaid yn crasu'r ddaear. Addurn ar ymbarél. Am syniad neis.

Ond roedd un wedi denu ei sylw yn fwy na'r lleill, a hwnnw'n ymbarél ac arno batrwm o chwe phanda'n chwarae pêl-droed, a wnaeth iddi chwerthin. Ac roedd yn ymbarél fyddai'n neud iddi chwerthin mwy nag un cyffredin. Codi'r ysbryd tra byddai'r cymylau uwchben yn chwyrlïo'n llawn inc. Ond roedd rheswm arall dros brynu'r ymbarél arbennig yma, sef y gair 'UNBREAKABLE' mewn llythrennau breision lliw melyn a du picwn ar y label. Difrodwyd nifer fawr o ymbaréls ganddi dros y blynyddoedd, ac roedd y syniad o gael un fyddai'n para am fwy na blwyddyn yn atyniadol.

Gofynnodd i'r fenyw'r tu ôl i'r til a oedd 'na garantî gyda'r ymbarél, ac er syndod iddi, dyma hi'n ateb bod 'na warant ugain mlynedd arno oherwydd bod yr ymbarél wedi ei neud o ddeunydd a ddyfeisiwyd gan NASA.

'NASA?' holodd Beti mewn dryswch.

'Nawr 'te, beth yw e, y National American Space … Agency, na, arhoswch funud, mae'n dweud yn rhywle ar y label … Dyma ni: the National Aeronautics and Space Administration. NASA! 'Na chi!'

' "Space" wedoch chi? Chi'n sôn am y math o ymbarél fyddai astronots yn ei ddefnyddio?'

''Na chi! Yn union.'

'Achos ei bod hi'n bwrw cymaint o law gymaint ar y lleuad?'

'Nage. Hwn oedd y math o stwff o'n nhw'n ei ddefnyddio ar gyfer dod 'nôl i'r ddaear. Y math o beth sy'n medru gwitho mewn glaw neu hindda, yn medru delio 'da storm neu blymio i'r môr o'r stratosffer.'

'Gwrthsefyll teithio 'nôl drwy'r stratosffer! Am ddeugain punt? Hyn oll am ddeugain punt? Bargen a dweud y lleia, weden i.'

Talodd am yr ymbarél â cherdyn credyd a mynd i Grumbolds i gael coffi. Hoffai'r lle'n fawr, nid yn unig oherwydd y cacennau bach ffansi a'r merched gweini oedd yn ei chyfarch fel petaen nhw'n hapus i'w gweld go iawn, ond hefyd oherwydd y dewis da o gylchgronau am ddim. Gallai golli prynhawn cyfan yn pori drwy'r rheini, o *The Lady* drwy *Hello!* i *Scientific American*. Wrth iddi eistedd yno'n mwynhau sgon yn diferu 'da hufen Jersi, edrychodd ar yr ymbarél. Disgleiriai'n dawel ar gefn y gadair o'i blaen fel petai 'na olau'r tu mewn iddo. Fel golau'r lleuad ar noson o hydref, pan hongiai'n dawel fel balŵn neu bwmpen, yn feichiog, llonydd a thrwm. Yn llawn hufen goleuni.

Tra oedd Beti'n sipian ei choffi yn Grumbolds, yn un o'r loc-yps dan y rheilffordd, tynnai tri dihiryn fygydau Balaclafa dros eu hwynebau, gan guddio'r llinellau caled, y genau cyhyrog a'r tinc o nerfusrwydd a ddawnsiai dan eu crwyn salw. Roedd Pete Edwards yn adnabyddus i'r heddlu'n eironig fel Honest Pete. Doedd dim angen egluro llysenw Mike (the Psych) Bradshaw ac, yn olaf, roedd Jorge Asturias yn cynnig elfen ryngwladol i'r fenter, er mai o Aberaeron y deuai'n wreiddiol. Roedd Pete wedi bod mewn sawl carchar. Roedd Mike wedi bod mewn sawl rhyfel. Roedd Jorge wedi bod mewn sawl giang, gan nad oedd yn hoffi ei gwmni ei hun.

Aeth Beti ymlaen i'r siop trin gwallt oherwydd roedd ar fin mynd ar benwythnos preswyl Merched y Wawr yn y Brifysgol.

Yn y loc-yp, gwisgodd bob un o'r dynion ei siaced Kevlar, sy'n medru gwrthsefyll hyd yn oed bwled o ddryll mawr megis Magnum, ac yna gotiau gwaith Cyngor Sir Abertawe drostynt. Nid bod neb yn mynd i feddwl eu bod nhw'n gweithio i'r Cyngor. Ddim gyda'r stynt oedd 'da nhw mewn golwg. Efallai mai dyma'r tro cyntaf i rywun feddwl am fygio noson agoriadol penwythnos preswyl blynyddol Merched y Wawr. Yr holl gynhadledd. Yr un pryd.

Aeth y tri dyn drwy eu rwtîn.

'Synchronize watches.'

'Check.'

'Stun grenades.'

'Check.'

'Rope.'

'Check.'

'Masking tape.'

'Check.'

'Donations box.'

Chwarddodd y tri'n braf o weld y cadw-mi-gei amryliw,

enfawr. Byddai angen 'chydig bach o hiwmor 'fyd, rhynt popeth. Byddai'n noson hir: un frawychus o hir i rai.

'Espresso, anyone?' gofynnodd arweinydd y tri. 'We need to stay as sharp as tacks for this little adventure.'

Ar y ffordd i'r gynhadledd, swniai lleisiau Beti a'i ffrindiau, Naomi ac Alma, fel haid o baracîts, yn ecseited reit ar ôl dod o hyd i ffrwyth yng nghanopi'r goedwig. Hoffai'r tair Tom Mathias, un o'r siaradwyr gwadd, yn fawr, nid yn unig oherwydd ei fod yn actio yn eu hoff gyfres dditectif ar S4C, ond hefyd oherwydd ei fod wedi carco'i wraig am bum mlynedd a hithau'n ymladd canser, ac er ei bod hi wedi marw bellach, gwyddai pawb am y cariad anhygoel a fu rhyngddynt.

Sgyrsient am y dyn yn frwdfrydig.

'Chi'n meddwl bydd e byth yn cael perthynas 'to?'

'Wel, mae'n lot rhy gynnar nawr, on'd yw hi? Bydd hi'n cymryd sbel iddo ddod dros y peth, yn enwedig achos bod ei marwolaeth hi wedi bod mor greulon o hir a phoenus.'

'Ond dwi ddim yn disgwyl y byddwn yn clywed dyn trist yn conan ac yn achwyn am ei fywyd. Mae testun ei sgwrs yn addo fel arall.'

'Mae 'na rywbeth i bawb ymhlith y siaradwyr eleni,' addawodd Llywydd y mudiad, Helen Cooke, wrth iddi restru rhai o'r danteithion oedd yn eu disgwyl dros y ddeuddydd nesa. Hanes nyrsio yng Nghwm Tawe o 1848 i 1985 gan Irene Davies, oedd newydd dderbyn doethuriaeth am ei hymchwil a hithau'n wyth deg wyth mlwydd oed. Cymeradwyaeth gwrtais. Anerchiad gan Simone Blackman MBE, Prif Weithredwr Silk Skin Within, cystadleuydd mwyaf llwyddiannus y Body Shop, cwmni cymharol newydd o Gastell-nedd, oedd nawr yn prysur agor canghennau yn Shanghai, Milan, San Ffrancisco a Mwmbai. Murmur o chwilfrydedd. Cyfle i holi Delfina Michael, un o sêr newydd Hollywood, Cymraes Gymraeg o Bont-rhyd-y-fen oedd yn ymddangos mewn tair mwfi newydd eleni, yng nghwmni enwau mawr megis Leonardo di Caprio, Tom Hanks a Casey Affleck. Cymeradwyaeth gynnes ac ambell siffrwd o gyffro.

Cofiodd Beti am erthygl yn *Hello!* yn y siop goffi oedd yn cysylltu Ms Michael â Mr Affleck, ac yn dangos lluniau o'r ddau ar ryw draethell a thywod fel siwgr rywle ym Mecsico. Wel y jiw, jiw, on'd oedd y Cymry ifenc 'ma'n neud eu marc yn y byd? Roedd Beti'n edrych ymlaen at glywed am fywyd yn West Hollywood yn sicr. Falle byddai hi'n ddigon dewr i ofyn cwestiwn bach iddi. Falle ddim.

I ddechrau'r noson, byddai Huw Richards yn rhoi arddangosfa goginio i'r Merched, ac yn nes ymlaen, i goroni'r cyfan, byddai Tom Mathias yn rhannu ei brofiadau diweddar gyda'r gynulleidfa addolgar. Ffrwydriad o gymeradwyaeth a gwichiadau hormonol.

Gyrrodd y dynion y fan wen ar hyd lonydd yn llawn lorïau a thraffig nos Wener Caerdydd, ac er eu bod yn hynod brofiadol – yn lladron da, os oes y fath beth yn bod – doedd yr un ohonyn nhw'n becso ynglŷn â defnyddio trais. Yn wir, roedd Pete yn hoffi trais yn fawr, a gallai gael gwaith yn Saudi Arabia, neu yn Syria, neu unrhyw un o'r gwledydd roedd Amnest Rhyngwladol yn becso yn eu cylch. Roedd Pete yn gymaint o boenydiwr naturiol nes bod y ddau arall yn poeni damaid bach am ei dueddiad i orymateb, ac yn gobeithio y byddai llond lle o fenywod yn ddigon i'w gadw fe rhag mynd dros ben llestri. Er hynny, gwyddent ym mêr eu hesgyrn nad oedd modd gwneud hynny yn ei farn ef, am nad oedd gorwel i'w gasineb.

Yn y stafell gynadledda, aeth Huw Richards, y cogydd ifanc o Flaen-y-ffos, ati i arddangos ei ddoniau'n gwneud bwyd Mecsicanaidd. Dechreuodd drwy ddangos pa mor hawdd yw paratoi'ch *tortillas* eich hunan, trwy gymysgu blawd a dŵr a chreu pentwr o batis siâp crempogau yn y *press* bach arbennig.

Lawr yr hewl, y tu ôl i'r labordai cemeg, parciodd y dynion y fan a dechrau slotio bwledi byw i mewn i'w drylliau. Un. Dau. Tri. Pedwar.

Torrodd Huw bentwr taclus o lysiau – pupur coch, shibwns a winwns.

Snortiodd Mike lond dwy ffroen o gocên, oedd yn arwydd gwael. Arwydd gwael iawn. Edrychodd Jorge yn amheus ar ei gyfaill, ei lygaid yn sgleinio o nerfusrwydd, tra oedd llygaid-chwarae-pocyr Pete yn datgan dim yw dim, dim ond syllu o'i flaen fel sarff yn gwylio llygoden.

Dangosodd Huw sut i greu'r *salsa verde* gorau dan haul, gan ddechrau â phwys a hanner o *tomatillos*, ac esbonio 'chydig bach am y ffrwythau yma o deulu'r gwsberins oedd mor allweddol mewn coginio Mecsicanaidd. Torrodd y rhain yn eu hanner ac yna eu rhostio'n gyflym am ryw chwarter awr, jest digon i droi'r croen yn ddu.

Symudodd y dynion yn llechwraidd heibio i'r biniau mawr plastig. Edrychodd yr arweinydd ar ei watsh.

'T minus three.'

'Check.'

Cymysgodd Huw y *tomatillos* â sudd leim, coriander, y llysiau, stribedi o *chilli* coch a siwgr a'u blendo'n fân. Dechreuodd y gynulleidfa deimlo whant bwyd.

Wrth i Huw ddechrau arllwys y salsa ar blât, dyma'r dynion yn dod drwy'r drysau gan weiddi llinellau o wahanol ffilmiau Americanaidd sydd â lladrad yn y stori.

'Everybody down on the floor!'

'Keep still and nobody gets hurt!'

Hyrddiodd Huw ei hun i lawr i'r llawr mewn ffrwydriad o salsa.

Fe'i dilynwyd gan naw deg wyth aelod o Ferched y Wawr, a dim ond un yn sefyll yn stond, sef y Llywydd. Fiw iddi hi golli ei hurddas, hyd yn oed oes oedd 'na dri dyn â gynnau wedi dod i mewn i'w chynhadledd gyntaf, yn gweiddi a sgrechen a bygwth y gynulleidfa gyfan.

'Will you tell me the meaning of this intrusion? What right have you ...?'

Pwyntiodd un o'r dynion wn tuag ati.

Clywyd llais Jorge.

'*Eso es un robo. Ponlo en el saco, Abuela.*'

Symudodd neb.

Cyfeithiwyd ei orchymyn gan yr arweinydd.

'This is a robbery. Stick it in the sack, Granny.'

Ni welodd braidd neb y sach, gan fod pawb yn wynebu'r llawr, yn anadlu'n drwm.

Dechreuodd y dynion symud o gwmpas, yn casglu pyrsiau, arian parod, gemwaith, watsys aur, unrhyw beth o werth, ac o fewn munudau roedd 'na bwysau sylweddol yn y sach.

Byddai pethau wedi mynd yn ddi-ffws ac yn ddifwdan oni bai am un peth.

Genedigaeth arwres.

Gafaelodd Beti Powel yn handlen ei hymbarél, ei ddefnyddio i godi ar ei thraed, ei agor e mas ac yna hyrddio'i hunan at Jorge ac yntau, ar amrant, yn saethu ati. Bownsiodd y bwledi oddi ar yr ymbarél, a rhoddodd hynny ynddo'i hunan ddigon o sioc iddo nes bod gan Beti amser i gau'r ymbarél drachefn a tharo Jorge yn ddiymadferth ag ergyd fel morthwyl.

Symudodd Beti fel ninja, fel ysbryd, fel menyw'n rhedeg drwy danau diddiwedd crombil uffern mewn siwt wedi ei neud o gasolin. Syfrdanwyd Madam Llywydd o'i gweld hi'n agor yr ymbarél unwaith eto a herio'r ddau leidr arall, oedd yn gweiddi ar Beti i ddodi'r ymbarél i lawr. O flaen eu llygaid, yng nghynhadledd flynyddol Merched y Wawr, dyma shwt-owt fel yn un o ffilmiau Clint Eastwood, ond yn lle Clint, dyna lle roedd Beti Powel yn herio'r dihirod fel tase hi'n dweud: 'Come on punk, make my day!' Doedd dim diwedd i'r rhyfeddod!

Gwaeddodd Pete arni i stopid yn y fan. Ond doedd ganddi'r un bwriad o wneud hynny, a rhedodd ar draws y stafell yn defnyddio'i hymbarél fel tarian, fel Captain America. Roedd hi fel Buddug, neu Amasoniad yn ymladd, ac erbyn hyn roedd Pete wedi gwacáu ei wn, a diolch byth na thrawyd neb gan y *ricochets*. Dyma siawns Betty. Estynnodd glec mor galed i Pete gyda handlen yr ymbarél fel na fyddai'n cofio enw ei hun. Nac enw ei fam. I nifer o'r menywod, roedd y munudau wedi troi'n ganrifoedd wrth iddynt ofni na fyddent yn gweld eu plant na'u gwŷr eto. Wyddai'r rhan fwya ohonynt ddim fod Beti Powel bellach yn ymladd Mike a'i gyllell â'i hymbarél, a'i bod hi'n ei guro mor galed ac mor aml nes ei fod e'n blino ac yn cwympo ar un pen-glin. Yna trawodd Beti ddarn siarp yr ymbarél reit rhwng ei asennau gan achosi iddo wingo a chwympo i lawr ar y ddau ben-glin. Roedd Beti'n medru gweld yn glir ei bod hi'n mynd i ennill nawr, yn gorfod ennill nawr, a chyda gwaedd o orfoledd pur, dyma hi'n rhoi wad arall i benglog Mike, ac yntau'n cwympo'n anymwybodol i'r llawr.

Deg eiliad o dawelwch, ar wahân i'r anadlu dwfn, y menywod ar lawr o hyd, ac yna lais Madam Llywydd fel utgorn yn datgan yn glir bod popeth yn iawn.

'Ar eich traed, gyfeillion. Rydym yn saff, oherwydd Beti Powel.'

Gwridodd Beti wrth i'r holl wynebau droi tuag ati, ac i'r wynebau hynny drawsnewid o fod yn fasgiau ofnus i fod yn ddelweddau o ryddhad a hapusrwydd.

Bu'r rhyddhad yn drech na rhai: y rhai a fethodd gyrraedd y lle chwech mewn pryd. Ond nid dyma'r lle i deimlo embaras, a nhwythau wedi bod reit yng nghanol drama fwya eu bywydau. Yn wystlon am ddeng munud.

Llanwodd y neuadd â tharanau o gymeradwyaeth frwd wrth i bob menyw godi ar ei thraed gan edrych yn syn ar y tyllau a ddriliwyd gan y bwledi a'r carped o ddiemwntiau o wydr wedi eu gwasgaru ar lawr ar ôl i gynifer o ffenestri smasio'n yfflon.

Yn y pellter, gallai pawb glywed sŵn ceir heddlu ac ambiwlansau'n cyrraedd yn un fintai o oleuadau coch a glas, y seirens yn newid eu sŵn wrth glosio ac ymbellhau, yn unol ag effaith Doppler.

Mewn cornel, heb i neb sylwi arno, agorodd llygaid Jorge'n ara, ara bach wrth iddo ddeffro o'i berlewyg a cheisio asesu'r hyn oedd o'i gwmpas. Gwelodd y fenyw a'i lloriodd yn camu lan i'r llwyfan a phawb yn clapo. Estynnodd am ei wn, oedd o fewn cyrraedd hawdd.

Anelodd yn ofalus, ofalus gan edrych am y man mwyaf canolog ar dalcen yr hen ast. Anwesodd ei fys y trigyr, fel cariadon yn cyffwrdd yn y sinema. Gwasgodd y metal â thynerwch, bron. Cododd ei law gyda sioc y tanio wrth i Beti gwympo i'r llawr â gwaedd annaearol. Cymerodd eiliad i'r menywod ddeall beth oedd wedi digwydd o'u blaenau. Moment megis un Martin Luther King. John F. Kennedy. Llofruddio Beti Powel, mewn gwaed oer, o flaen eu llygaid, a hynny eiliadau'n unig cyn i dîm SWAT o heddlu arfog ddod o bob cyfeiriad, gan weiddi ar bawb i fynd i lawr ar y llawr, heb sylweddoli eu bod eisoes wedi wynebu'r llawr unwaith.

Twll perffaith reit yng nghanol y talcen. Nentig fechan o waed sgarlad yn llifo allan ohono, yn goch fel lipstic.

Llif nid yn unig o waed, ond hefyd o bersonoliaeth ac ymwybyddiaeth, ac yn cynnwys yn ei ffordd hanfod Beti Powel, ei hysbryd, ei hewyllys, ei bywyd, yn un rhes o atgofion, damcaniaethau, profiadau a phrofedigaethau yn arllwys mas wrth i'w bywyd ddirwyn i ben. Yng nghynhadledd Merched y Wawr. O flaen yr holl wynebau 'na wedi eu gwyngalchu gan dristwch a sioc. Fel cymeriadau mewn drama Noh o Siapan, y masgiau porslen yn rhewi'r emosiynau, eu distileiddio nhw. A hithau ei hun yn llifo o dwll perffaith grwn megis llif bach o atgofion.

Len yn gafael yn ei llaw yn sedd gefn y Welfare Hall yn

Ystradgynlais wrth i Alan Ladd garlamu ar gefn palomino tua'r gorllewin, ei geffyl yn gorwynt yn codi cymylau o ddwst. Gwên ei mam yn nesáu at ei hwyneb a hithau mor ifanc nes prin y medrai weld y trwyn a'r geg, dim ond y llygaid, ond y rheini oedd y llygaid gorau, llygaid mam. Rhai glas fel plât Wedgwood. A'r menywod yn cloncan wrth drefnu blodau yn y sêt fawr ar fore Sul. Arogl coconyt eithin yn crasu yn yr haul. Morgan y gath yn cynnig llygoden yn anrheg iddi a hithau'n ei rhyddhau fel y gallai rhedeg i ffwrdd. Y gloch yn canu ar iard yr ysgol a'r hen Mrs Watkins yn gwenu ar y plant â gwên oedd yn ddigon llydan i estyn i Bontarddulais.

Y gwaed yn dechrau twchu nawr, y llif yn arafu ...

Trip ysgol Sul i Ddinbych-y-pysgod, y plant fel pysgod. Yr haul yn sgleinio, y tonnau gwynion fel pawennau cathod bach yn anwesu'r draethell. Menyn cartre'n toddi ar ddarn o fara wedi'i dostio ar dân glo agored.

Winc slei gan Len.

Winc.

Llygaid glas.

Atsain y gloch.

Y llygaid 'na.

Dim ond ...

Y byd. Un byd yn dod i stop.

A'r galaru'n dechrau, fel corws Groegaidd, a chalonnau'r corws ar fin byrstio.

Yr hen fenyw ar lawr.

Yr ymbarél yn saff ac yn glyd dan ei chesail: y garantî yn ei bag.

Rhywbeth i'w gladdu yn yr arch nesaf ati.

Hi.

Yr arwres.

ADRODD CYFROLAU

Mae'n bleser digamsyniol crwydro strydoedd hudolus Pontcanna, yr ardal debyca o holl ardaloedd Caerdydd i Greenwich Village yn Efrog Newydd. Mae sawr siarp *espressos dobles* a murmur y siarad gwag yn medru'ch denu i'r caffis *chi-chi* fel Brava a Café Dorado, a themtasiynau'r siopau smart llawn nic-nacs hyfryd megis Debris a Fundamental yn medru toddi'ch Visa neu'ch Mastercard yn ddisymwth, heb sôn am y *boutiques* lle gallwch dalu crocbris am ffrog las berffaith neu bâr o sgidiau gwisgo-unwaith. Os y'ch chi wedi hamddena yn yr ardal hon, mae'n bosib eich bod wedi mynd heibio i siop Caban, er, rhaid cyfaddef, mae'n hawdd ei golli.

Caban. Lle da i dreulio orig mewn sgwrs lenyddol, gan ei fod yn fan cwrdd ar gyfer y *saddos* 'na sy'n dal i sgrifennu er gwaetha'r ffaith ein bod yn byw yn oes y gajets, a phob wan jac yn chwennych XBox neu Playstation, a fawr neb am wastraffu oriau'n pori nofel, a llai fyth, am ryw reswm, am ddiflannu'n sydyn i galon stori fer. Od. Dylai'r ffurf siwtio'r oes hon sy'n rhuthr i gyd, a phawb yn gytûn fod amser yn brin.

Saif siop Caban ar fwa distaw o adeiladau lle mae nifer o strydoedd yn cwrdd – Kings Road, Sneyd Street, Stryd Pontcanna a'r olaf ohonynt, Mafeking Terrace, sy'n hysbys i neb gan ei fod yn arwain at hen fyncyr Rhyfel Oer, a ddim yn bodoli ar unrhyw fap.

Dros y ffordd o siop Caban mae meddygfa sy'n enwog ymhlith pobl sy'n astudio clefydau heintus, oherwydd dyma lle darganfuwyd y Pla Du am y tro ola ym Mhrydain. Dim ond tair blynedd yn ôl oedd hyn, pan ddaeth menyw oedd yn byw yn

Kings Road i weld Dr Bentley, a'i chroen yn fyw o bothelli maint shibwns. Mrs Dodgem oedd ei henw, fel y reid yn y ffair, ac roedd hi wedi dal y pla gan chwannen anturus oedd wedi teithio'n llechwraidd yn ffwr gerbil a brynodd ei hŵyr, Potter. Roedd yr anifail druan wedi teithio'r holl ffordd o Chad yng Ngogledd Affrica i ddiweddu lan mewn siop yn Cowbridge Road East yng Nghaerdydd. Yn rhyfedd iawn, doedd dim un achos o'r pla yn Chad ar y pryd, ac roedd y gerbil yn medru gwneud *somersaults*, neu drosbennu'n berffaith.

Uwchben y feddygfa mae 'na fflat sy'n gartre i un o'r bobl fwya ecsentrig yn yr ardal, sef Capten Morris, hen forwr yn ei wythdegau hwyr sy'n cadw llygad barcud ar bopeth sy'n mynd ymlaen drwy un o ysbienddrychau mwyaf ysblennydd cwmni Watkins o Lundain, yn dyddio o 1778. Mae'r Capten wedi gweld pethau, credwch chi fi, yn enwedig gan ei fod yn cadw oriau swyddfa, yn nodi popeth sy'n digwydd. Unwaith, gwelodd e fenyw a'i gwallt yn llosgi fel ffagl ar ôl i sigarét danio'r lacer ar ei gwallt. Mae wedi gweld nifer o bobl yn caru tu allan i'r eglwys, gan gynnwys un dyn a chanddo un goes yn unig yn caru gyda menyw ag un fraich. Doedd dim byd doniol yn eu cylch. Yn hytrach, roedd 'na ddiléit yn eu cwplu, o fod 'da rhywun arall oedd yn eu deall yn llwyr.

Mae'r eglwys, sydd wedi ei chysegru i Santes Catherine, bron drws nesa i siop Caban. Mae neuadd yr eglwys yn boblogaidd iawn ar gyfer cynnal partis i blant o gwmpas y chwe blwydd oed, a bydd lot o brynu anrhegion-munud-ola yn y siop, sy'n esbonio pam fod naw bocs o deganau meddal Sali Mali yn y stordy. Ond well i ni ganolbwyntio ar y siop, oherwydd bydd dod i ddeall y lle a'r lleoliad yn mynd i fod o gymorth pan glywn am yr anturiaethau, y dirgelion, a'r wel, y bywyd noeth sy'n perthyn i'r lle. Ie, bywyd nwydus, egnïol a heriol, fel opera sebon o Frasil. Mewn siop lyfrau. O bob man.

Gair yn glou am yr enw 'Caban'. Bydd rhai ohonoch yn

meddwl am yr awdur Jack London, yn enwedig Americanwyr sydd wedi prynu un o'i lyfrau drwy ddamwain wrth siopa ar-lein ar ôl un Jack Daniels yn ormod, ac wedi darllen y gwaith sydd megis yn diffinio caban … Adeilad o logiau mewn llecyn coedwigol, y math o le y defnyddiodd Jack London i sgrifennu clasuron megis *The Call of the Wild*, ac anturiaethau anhygoel White Fang a'r bleiddiaid eraill. Neu efallai y meddyliwch chi am sièd ddieflig yr Unabomber, y lle diarffordd, diaddurn lle roedd yn byw cyn iddo fentro allan i ladd. Ond mae'r siop lyfrau (heb anghofio'r cardiau, y DVDs a'r crynoddisgiau, a theganau Sam Tân ac albyms hyfryd Gwilym Morus) yn wahanol iawn i'r cabanau yma. Ni fu blaidd ar gyfyl y lle am o leia chwe chan mlynedd.

Ond mae siop Caban wedi ei enwi ar ôl caban go iawn: un o fannau cyfarfod gweithwyr llechi chwarel y Penrhyn, lle roedd hen dad-cu'r perchennog presennol, Trish Price, wedi gweithio – a marw – ganrif yn ôl. Ac mae'r siop yn debyg mewn sawl ffordd i'r man lle byddai gweithwyr yn cyfnewid storis, newyddion, fersiynau o bregethau mawr a chrynodebau o'r mil ac un o lyfrau o bedwar ban y byd a ddarllenwyd gan y chwarelwyr caled ond diwylliedig.

Y ffordd hawsaf o esbonio sut mae'r siop yn gweithio yw cynnig rhestr o'r pump llyfr mwyaf poblogaidd yn ôl eu gwerthiant. Nid yw'n newid rhyw lawer o wythnos i wythnos. Mae *Pornograffi*, er enghraifft wedi bod yn y siartiau ers talwm.

1. *Eiriadur i Ddysgwyr Chymraeg* gan Tomos Bevan III. Spŵff seriws, tebyg i *Eats, Shoots and Leaves* gan Lynne Truss.

2. *Geordie Rides Out* gan Tony Bianchi. Cyfieithiad o ail gyfrol o atgofion-straeon yr awdur lleol. Mae perchennog y siop yn hoff iawn o Tony a'i waith. Mae'n ddyn hoffus ar y naw sy'n galw yn y siop bron bob dydd, ac mae'r lle'n medru teimlo'n wag hebddo.

3. *Pornograffi*. Nofel gynta gan gyn-weinidog capel dienw o Drimsaran, sy'n olrhain ei hanes fel *gigolo* yng Nghwm

Gwendraeth. *XXXX-rated*. Cedwir copïau dan y cownter ac mae'n debyg fod rhifyn arbennig o *Y Byd ar Bedwar* ar y gweill sy'n mynd i ddatgelu pwy yw'r awdur, a sut mae'r enwad y mae'n perthyn iddo wedi ymateb i'r gyfrol.

4. *Un Nos Ola Leuad*. Y clasur bytholwyrdd penigamp.

5. *Operation Julie* gan Lyn Ebenezer. Prawf bod yr ysbryd gwrth-sefydliadol yn dal yn fyw ymhlith darllenwyr Cymraeg. A bod rhai ohonynt wedi cymryd LSD. Efallai.

Ac ma' 'na gyd-ddigwyddiad mae'n rhaid ei drafod cyn disgrifio'r triongl o gymeriadau pwysig yn ein stori: rhaid dweud beth sy'n digwydd uwchben y siop a dan y siop. Yn y fflat lan lofft, mae Ngo Du a Cao Binh, dau ddyn o Fietnam, yn defnyddio heidroponeg i dyfu cnwd ar ôl cnwd o ganabis, sydd ddim mor rhyfedd â hynny gan ei fod yn ddiwydiant mor bwysig yng Nghymru bellach. Ond yr hyn sydd *yn* rhyfeddol yw sut maen nhw'n dosbarthu eu cynnyrch. Mae grisiau cefn y fflat uwchben siop Caban yn arwain i'r ardd. Yn yr ardd mae *manhole*, a byddai unrhyw un sy'n edrych ar hwnna'n dweud ei fod yn rhywbeth i'w neud â'r system ddŵr neu'r system garffosiaeth. Ond pan fydd Ngo a Cao'n gadael eu fflat gyda'r nos wedi'u gwisgo mewn dillad silc du, a mygydau dros eu hwynebau, maen nhw'n anelu am y man'ol, codi'r caead metel a sleifio i mewn, gan osod eu traed yn ofalus ar yr ysgol fetel, sy'n drwch o rwd. Unwaith mae'r caead 'nôl yn ei iawn le, mae Ngo a Cao'n cynnau eu tortshys Maglite, ac mae'r gefaill-oleuadau'n dangos y *jetty* bach wrth ymyl y llif dŵr. Hon yw afon Canna sy'n nadreddu'n ddiog dan strydoedd yr ardal, afon wedi ei chladdu dan goncrit a tharmac ac ar hon, ar *skiff* debyg i un welwch chi ar afon Isis neu afon Cam, maen nhw'n symud y cynhaeaf misol i Farina Penarth, lle mae'n gadael am Ffrainc. Mae smygwyr yno'n hoff iawn o sgync Cymreig. Maen nhw hyd yn oed wedi creu jôc sy'n cael ei ddefnyddio bron bob tro mae rhywun yn sgino lan yn un o *arondissements* Paris. Gauloises neu Gallois? Ac mae'n ganabis cryf. Mae'r rhan fwya o

Barisiaid sy'n smocio'r stwff yn gorfod cropian i'r gwely ar ôl dau neu dri tôc. Yng nghwmni'r panda gwyrdd, neu'r corrach â'r farf o liwiau'r enfys.

Un prynhawn, a'r siop yn dawel fel y bedd, mae un o'r cwsmeriaid, sy'n byw drws nesa ond un i siop Caban, yn manteisio ar y cyfle i ddangos tatŵ bach ar ei fraich i Trish, y perchennog. Bu Iolo'n gweithio fel difäwr bomiau yn y fyddin, ac mae manylion ei grŵp gwaed wedi eu sgrifennu'n destlus ar ei ysgwydd, rhag ofn bod ei freichiau'n cael eu chwythu bant; gan amlaf, mae'r ffrwydriadau'n dinistrio'r fraich hyd at y benelin, ond o'ch chi'n gwbod 'na'n barod.

'O'ch chi'n ofnus drwy'r amser?' gofynnodd Trish, oedd wedi cyffwrdd y tatŵ'n dyner, fel rhywun yn rhoi ei fys ar adenydd glöyn byw heb ddymuno peri unrhyw loes i'r pryfedyn. Syrthiai ei gwallt hir, coch yn gydunnau melfedaidd ar fraich Iolo.

'Dim ond unwaith, pan ddes i i ganol cyflafan mewn marchnad yn Irac, ac roedd pob greddf yn dweud wrtho i y byddai 'na ail fom. Doedd y teclyn bach sy'n medru stopid pobl rhag defnyddio remôt i ffrwydro'r bom ddim yn gweithio pan welais y bom ei hunan, wedi ei gwato tu ôl i sgerbwd car. O'i flaen roedd corff plentyn, ei wyneb yn rhubanau gwaedlyd oherwydd y ffrwydriad cyntaf. Curai eiliadau yn fy mhen fel timpani. Dôi curiadau fy nghalon megis o ganol ogof, y sŵn yn fariton ac yn fyddarol. Y peth gwaetha oedd sylweddoli pa mor amaturaidd oedd y ddyfais, achos roedd hynny'n neud y job yn waeth. Pan wy'n delio 'da bom go iawn, wedi'i adeiladu gan rywun sy'n gwybod beth mae e'n neud, mae'r broses yn debyg i gêm o wyddbwyll, neu ddawns cath a llygoden sy'n symud yn ofalus o gwmpas ei gilydd. Ond roedd y gwifrau oedd yn stico mas o'r rycsac yn awgrymu bod y gwneuthurwr naill ai'n flêr neu'n ddibrofiad. Cymerodd ddau ddeg naw eiliad i fi agor y bag i weld yn union sut roedd y bom yn gweithio, ac ro'n i'n iawn. Teimer syml, ffrwydron plastig a dim sôn am unrhyw beth soffistigedig. Yn hynny o beth ro'n i'n saff.'

Erbyn iddo orffen y stori roedd Iolo'n crynu, a dechreuodd lefain. Nid llefain cyffredin ychwaith, ond yn hytrach y math o wylo oedd yn cychwyn yng ngwaelod pydew gwag ei enaid ac yna'n ffrwydro wrth gyrraedd y golau. Gafaelodd Trish yn dynn amdano a chymerodd ddeng munud a mwy iddo ymdawelu yn ei mynwes, ei gorff yn crynu a chrynu.

Pan ddaeth y cwsmer nesaf i mewn, roedd 'na embaras yn yr aer, yn enwedig oherwydd bod y dyn hwn yn un o'r rhai rhyfedda yn ne Cymru, a'i fod mewn cariad â Trish hefyd. Dyma ddyn oedd yn cael ei droi mlaen yn rhywiol gan arogl llyfrau newydd. Paradwys oedd siop Caban iddo, oherwydd ei maint – y brif ystafell yn ddim mwy na 16 metr gan wyth metr – ac oherwydd bod deliferi newydd o lyfrau'n cyrraedd bron bob dydd o'r Cyngor Llyfrau. Bu bron iddo lewygu unwaith pan gyrhaeddodd llond fan o lyfrau ysgol, a Trish a'i chyd-weithiwr, Frieda, yn gorfod agor y bocsys ar frys i ddechrau dosbarthu am fod y tymor newydd ar fin dechrau. Doedd e, Howard Wilkins, ddim yn deall ei *peccadillo* rhywiol ei hun o gwbl, ond byddai'n cael teimlad twym hyd yn oed o ail argraffiad o rywbeth gan Kate Roberts, dim ond bod y tudalennau heb eu troi, a sglein y clawr heb dystiolaeth o unrhyw olion bysedd. Hoff ffantasi Howard oedd cael ei gloi mewn stafell dros nos ymhlith gweisg oedd yn cynhyrchu miloedd o lyfrau, rhywbeth fel Harry Potter, y llyfrau ffres yn dod oddi ar y belt cludo a Howard druan ar dân – gwynt y tudalennau gwyryfol yn ymosod ar ei ffroenau, yn ei gaethiwo a'i yrru'n wyllt 'run pryd. Dyma ddyn oedd yn cael codiad o ddal copi ffres o *Enwau Cymraeg ar Blanhigion*, er na fyddai byth yn cyrraedd 'Clychlys Lledaenol', nac unrhyw enw arall. Y llyfr oedd y peth, neu yn hytrach ei arogl, nid ei gynnwys.

Roedd Howard yn gandryll o ddeall, neu'n hytrach o gamddeall, fod rhywbeth yn mynd mlaen rhwng Trish a Iolo, a'u bod wedi bod yn cofleidio hyd nes iddynt ei glywed yn dod drwy'r drws. Yn waeth byth, roedden nhw i'w gweld yn ddi-hid o'r bocsys llyfrau newydd roedd Parcelforce wedi eu gadael yn y bore, ac felly roedd y lle'n drewi o hen lyfrau. I Howard, roedd hyn yn golygu llyfrau ar y silffoedd oedd wedi cael eu bodio a'u hagor, ac o'r herwydd yn hen lyfrau bellach, ddim yn werth ffeuen.

Doedd Howard ddim yn gwybod beth i weud, a safodd yn ei unfan am ychydig fel mynach Trapaidd. Nid bod y llyfrwerthwr a'r cyn-filwr o'i flaen yn medru gwneud rhyw lawer chwaith. Tri pherson mewn syfrdandod, eu hwynebau wedi rhewi.

Nid oedd Capten Morris yn ei nyth eryr yn medru deall beth oedd yn digwydd, a'r tri ohonynt yn sefyll yno fel delwau, ond penderfynodd y dylai ddal i edrych, achos roedd e'n hoff o ddirgelion. Nododd yr union amser yn ei lyfr.

Yna, torrwyd ar y tawelwch.

'Ody fy nghopi o gerddi Gwenallt wedi dod miwn?' gofynnodd Howard. Nid ei fod wedi archebu copi o'r cerddi, ond roedd y ffug-gwestiwn yn ddigon o esgus iddo fod yno, ac roedd yn giamstar ar ddod o hyd i esgusodion i fod yn y siop o gwmpas canol dydd, pan fyddai'r llyfrau'n cael eu dinoethi allan o'r bybl rap a Howard yn gweddïo y câi helpu i ddodi ambell un mas ar y silff. Ond er mwyn gwneud hynny roedd yn rhaid iddo archebu llyfrau, felly roedd wedi setlo i batrwm o ofyn am lyfrau oedd yn anodd cael hyd iddynt, megis pamffledi yn y gyfres *Agrarian Instruments of North Montgomeryshire, 1750-1870*, oedd ar goll yn rhywle yn stordy'r Cyngor Llyfrau. Pamffledi oedd y pethau gorau i'w harchebu, oherwydd roedd mor hawdd iddynt fynd ar goll.

'Sori, dwi ddim wedi edrych 'to i weld beth sy wedi cyrraedd. Ond os carech aros am eiliad …' awgrymodd Trish, a'i llygaid at y llawr. Estynnodd am siswrn. Bu bron i galon Howard stopio, a theimlodd wres rhywiol yn twymo'i geilliau wrth i Trish fynd i agor bocs. Ond doedd 'na ddim cynnwrf! Damia, roedd yn amlwg ei fod e ar fin dechrau annwyd, achos doedd Howard ddim yn medru arogleuo'r llyfrau yn y bocs. Damia, damia, damia! Edrychodd ar y llyfrau'n cael ei pentyrru ar y cownter gan deimlo'i fod yn cael ei fradychu mewn rhyw fodd. Byddai'n rhaid iddo brynu Vicks Nasal Inhaler ar y ffordd adre. Ond am nawr doedd dim byd i'w fwynhau. Dim un dudalen o blith y miloedd a eisteddai o'i flaen yn ei demtio.

Y noson honno darllenodd Howard hen lyfr, ac un pwysig iddo. Dyddiadur o 1994 oedd e, ac ynddo roedd e wedi rhestru'r adar oedd e'n arfer eu gweld pan oedd yn grwt. Byddai'n cerdded yr hen ffordd wagen, y rheilffordd a gysylltai Gwm Gwendraeth â Phorth Tywyn, ac arferai gyfrif pob aderyn unigol o bob rhywogaeth. Pan ddarllenodd y cofnod manwl yma flynyddoedd yn ddiweddarach, sylweddolodd fod y pethau oedd yn gyffredin bryd hynny'n brin iawn nawr, ac fel pob cadwraethwr gwerth ei halen, dechreuodd fynd o'i go. Wir yr. Mae'n digwydd i unrhyw un sy'n sylweddoli bod y wlad yn wag, bod côr y wig yn fud, na fydd fyth fwy o eogiaid ar li, na phenbyliaid i'w dal a'u cadw mewn jar yn y gwanwyn i sbrowtio coesau. Bu Howard yn troi ac yn trosi yn ei wely am oriau, yn ofni'r hunllefau a fyddai'n dilyn o fodio drwy'r dyddiadur, y gweledigaethau llachar o Gwm Hesgyn yn edrych fel anialwch y Gobi, neu goedwigoedd hynafol Cwm Cerrig Gleision wedi eu torri i lawr ar gyfer stad o dai drudfawr, a gwelyau hesg yn llawn rwbel cyn i'r busnes o adeiladu unedau ffatri eu claddu unwaith ac am byth. Ac roedd un cwestiwn a losgai yn ei feddwl ar nosweithiau fel hyn. Beth os taw pwrpas dyn, gwir bwrpas dyn, oedd cael gwared o bob rhywogaeth arall cyn dinistrio'i hunan. Beth wedyn? Beth oedd pwrpas mwynhau natur, o weld yr enfysau bychain ar sglein-groen y brithyll, neu sefyll ar glogwyn yn sir Benfro a rhyfeddu o weld corff yr hugan yn troi'n waywffon cyn plymio i'r heli?

Ond am dri ac am bedwar ac am bump y bore hwnnw, dechreuodd ofnau eraill gystadlu â'r rhai am dranc y gylfinir a diflaniad y gloÿnnod byw. Dechreuodd Howard ofni bod dyn arall yn mywyd Trish, a taw'r cyn-filwr ddiawl 'na oedd e. Oherwydd, er bod y llyfrau'n bwysig iddo, Trish oedd ei ganolbwynt emosiynol, ac roedd y ddau beth yn brwydro tu mewn iddo.

Aeth at y cyfrifiadur a dechrau chwilio am y Sarjant Iolo Edwards o'r armi ddiawl, ac wedi cael hyd iddo, dechreuodd adeiladu pictiwr o'r dyn oedd yn cael pawennu Trish. Teimlai ddicter yn troi yn ei ymysgaroedd, neidr o genfigen yn gwasgu, gwasgu. A hithau'n gwawrio, dechreuodd ddarllen am ffrwydron. Erbyn iddo adael i gael brecwast yn Busy Lizzie's, roedd e wedi penderfynu beth fyddai'r cynllun gorau.

Y bore canlynol darganfu Gerald, oedd yn gyrru fan dosbarthu'r Cyngor Llyfrau ar hyd a lled de Cymru, amlen ar sêt y fan ar ôl iddo'i pharcio'r tu allan i siop Caban. Mewn ysgrifen naïf, fel tase pry cop wedi cerdded drwy inc ac yna ceisio sgrifennu'r wyddor Cyrilig ar y dudalen, roedd neges yn ei ddisgwyl. Neges yn cynnig arian sylweddol iddo am ddosbarthu parsel. Ond pan deipiodd y côd post i mewn i'r sat-naf, gwelodd fod y cyfeiriad ar gyrion y stad ddiwydiannol yn Dumballs Road. Od. Od iawn. Disgrifiai'r nodyn sut y byddai parsel i'w gludo yno bob yn eilddydd. Ac y byddai arian hael am wneud.
Teimlodd o dan y sêt, ac yn wir, roedd 'na drwch o bapurau hanner canpunt yno. Doedd ganddo ddim amheuaeth nad cyffuriau oedd yn y parseli, ond amcangyfrifodd y gallai dreblu ei incwm drwy ychwanegu hanner awr o ddreifio at ei ddydd. Wedi'r cwbl, nid oedd arian mawr mewn dosbarthu llyfrau. On'd yw bywyd yn rhyfedd? meddyliodd, wrth edrych i fyny ac i lawr y stryd, a chymryd pip ar y parsel gwerthfawr.

Drwy ei ysbienddrych, roedd Capten Morris wedi gweld y cyfan. Nododd yr amseroedd y daeth Ngo drwy'r drws yn ei siwt ddu. Nododd y ffaith nad oedd wedi cymryd mwy nag ugain eiliad iddo agor drws y fan heb allwedd. Cyn gadael amlen. Gwelodd y dyn o'r Cyngor Llyfrau'n cyfrif arian. Meddyliodd y

Capten ei fod wedi dod o hyd i ffordd fendigedig o ychwanegu at ei bensiwn gan y Llynges. Wedi'r cwbl, fe oedd y *lookout* gorau yn yr ardal. Byddai'n cael gair 'da'r tyfwyr canabis maes o law.

Mae 'na ffrwydron o bob math, ond dim ond un math sy'n ddibynadwy ac yn ddibynnol ar ddŵr yn hytrach na thân i weithio.

Dyma i chi'r farddoniaeth:

$2Al(s) + 3I_2(s) \rightarrow Al_2I_6(s)$

Mewn iaith fwy plaen: cymysgwch bowdr alwminiwm ac eiodin, fel mae Howard yn ei wneud, ei ddwylo'n gweithio'n gyflym ac yn hyderus wrth baratoi cymysgedd sydd dim ond yn medru ffrwydro os mai dŵr yw'r catalydd. Mae'n bosib gadael i ddŵr ollwng yn araf bach o *pipette* neu ryw declyn gwydr cyffelyb i mewn i'r gymysgedd, a gallwch adael i'r ddyfais ffrwydro heb i chi fod ar gyfyl y lle.

Dyna beth wnaeth Howard, ac arllwys y gymysgedd i silindr a'i adael ar agor yn y glaw ar y lawnt o flaen tŷ Iolo.

Drip. Drip. Drip.

Drip. Drip. Drip. Drip.

Eironi yw'r ffaith i'r Sarjant Iolo Edwards gael ei ladd gan fom, a hwnnw'n fom mor syml, ac wedi ei osod oherwydd camddealltwriaeth hefyd.

Ffrwydrodd y silindr, gan greu cwmwl fioled llachar, a chwythu'r tŷ'n ddarnau.

Mae'n eironig taw dyma sut y daeth yr heddlu o hyd i'r ffatri ganabis, wrth iddynt ymweld â chartrefi a busnesau'r stryd gyfan yn ystod eu harchwiliad i'r bom.

Felly os ewch i siopa yn y lle, yn siop Caban, cofiwch sefyll am funud neu ddwy o flaen y ffotograff o'r milwr golygus sydd tu ôl i'r til. Roedd yntau'n arwr unwaith. Cyn i genfigen ddod â'i bwyell, cyn i fyd Iolo gael ei chwythu'n deilchion.

Nid yw Howard yn siopa yma bellach, er nad yw'r heddlu erioed wedi ei ddal, na hyd yn oed ei ddrwgdybio. Mae Trish yn freuddwydiol iawn ar ôl y misoedd o alaru. Heddiw maen nhw'n disgwyl bocsys mawr sy'n cario stoc rhestr hir Llyfr y Flwyddyn. Bydd angen mynd lan lofft ar ôl dadbacio'r rheini. Mae Trish yn edrych ar y ffotograff am funudau hir, ar y ffordd mae'r llygaid yn ei dilyn o'r silff tuag at y til. Falle bydd y bois o Fietnam yn medru helpu i leddfu'r boen. Maen nhw wedi dechrau prosesu eto, er eu bod nhw mas ar fechnïaeth. Ma' 'da nhw stwff da ac mae busnes yn ffynnu, yn ôl pob sôn. Ac mae'r capten arall yn cadw llygad gwarcheidiol drostynt. Efallai y dylai hi, Trish, arallgyfeirio. Wedi'r cwbl, nid oes arian mewn llyfrau. Byddai *marijuana* yn sicr o dalu'r bils, a'r siop yn medru bod yn ffrynt godidog. Pwy fyddai'n drwgdybio siop lyfrau Cymraeg? Oes, mae 'na arian da i'w wneud. Well mynd i gael gair 'da nhw nes mlaen, cyn iddyn nhw fynd lawr i'r afon o dan yr ardd.

CWM ARALL

Nid oedd neb yn dadlau â Poppaline Smith, oedd yn byw yn rhif 16, Sliders Terrace, oherwydd bod ganddi dymer allai hwthu lan fel Semtex, a dyrnau dur allai fflatno nafi. Felly hi, yn naturiol ddigon, oedd brenhines y stryd a'r teras, ac roedd pawb ag unrhyw sens yn cadw draw. Yn bell draw oddi wrth y fenyw Teflon, fel roedd rhai'n ei galw hi. Yn wir, roedd ganddi datŵ ar ei braich dde oedd yn datgan y neges yma'n glir i unrhyw un oedd yn medru darllen. 'Don't Get In My Face'.

Bu farw Jerry, gŵr Poppaline, flynyddoedd maith yn ôl, oedd yn ergyd drom i'w merch, Jasmine, oedd yn caru ei thad yn fwy nag anal. Ond nid oedd hyd yn oed cariad ei ferch fach yn ddigon i drechu tagu a mogu canser yr *asbestosis.*

Cyn i ysgyfaint Jerry ddechrau gwneud sŵn tebyg i lond caets o byjis wedi'u dychryn, ac iddo ddechrau methu anadlu o gwbl, llwyddodd Jerry i fynegi ei obaith mawr i Poppaline, sef y byddai Jasmine yn priodi Matthew, mab Malcolm John y cigydd, oedd yn ddyn busnes ac yn ffrind bore oes. Byddai Malcolm yn anfon anrheg at Jerry bob wythnos – cadwyn o selsig Ffrengig, neu hanner dwsin o ffagots pert neu hyd yn oed, ambell waith, hanner oen, wedi ei rannu'n gelfydd yn bacedi plastig twt a thestlus.

Trigai Malcolm a'i deulu nid ansylweddol wyth cwm i ffwrdd, yn yr un peryglus, yr ochr arall i'r Gaza Strip, neu Lain Gaza, fel roedd pawb yn galw'r ffin drwchus o goed pinwydd rhwng y seithfed cwm i ffwrdd – Cwm Grisiau – a'r wythfed cwm, yr un olaf, dienw. Yma, roedd pob math o shenanigans rhywiol yn digwydd dan gysgod y nos, ac ambell waith reit yng nghanol y dydd, heb sôn am y cyffuriau rhemp a'r rasio ceir oedd wedi eu dwyn gan blant ddylai fod yn yr ysgol gynradd, nid yn rasio ac yn trasio ceir ar ochr mynydd, rhai ohonynt mor ifanc â saith mlwydd oed. Ond roedd 'na lefydd lot mwy gwyllt y tu hwnt i Lain Gaza, gan fod y Comisiwn Cadwraeth wedi creu gwarchodfa fleiddiaid ar ochr Bryn Oerlwm, gyda'r bwriad o'u hailgyflwyno i fynyddoedd y Cambria.

Yn eironig ddigon, roedd rhaid cael yr SAS a'r Gurkhas i warchod y bleiddiad rhag ffyrnigrwydd y bugeiliaid a'r ffermwyr mynydd, oedd yn gandryll ynglŷn â'r cynllun ac yn dechrau hawlio arian i'w digolledu cyn i 'run oen gael ei larpio gan bac o greaduriaid rheibus â dannedd miniog, miniog. Boi, roedd y bleiddiaid yn medru udo! Gallech eu clywed nhw yr holl ffordd o Aberpergwm i Flaen Dulais, ac o Gwrt yr Onnen i Flaenau Pig. Ond er gwaetha'r peryglon o gyrraedd yr wythfed cwm – y bleiddiaid danheddog a phethau fel 'ny – priodi'r crwt oedd yr unig beth roedd Jerry'n tybio fyddai'n sicrhau dyfodol saff a gwell i'w ferch. Byddai hithau, a'i gwallt lliw gwenith sgleiniog, fel tase'r gwenith wedi bod yn sefyll dan gawod o law mân, a'i llygaid glas fel môr trofannol dan nen berffaith, yn siŵr o fod yn fagned i bob math o riff-raff a siafins dynol.

Cyn ei phriodas, trefnodd Poppaline fod Jasmine yn cael tatŵ ar ffurf wyneb ei thad yng nghroth ei choes, fel na fyddai byth yn ei anghofio ar ôl symud i'r cwm gwyllt lle roedd pobl a chwe bys ar bob troed yn byw. Piti bod ei gŵr yn gymaint o ffrindiau gyda Malcolm, ac wedi gofyn am y fath addewid ar ei wely angau. Ond gwyddai Poppaline hefyd na allai edrych ar ôl ei merch oherwydd ei thymer wyllt, a'r posibilrwydd y byddai hi'n diweddu lan yn y carchar un diwrnod oherwydd y dymer honno. Cysurai ei hun wrth feddwl y byddai pawb yn gwarchod Jasmine, oherwydd roedd hyd yn oed y bobl yn yr wythfed cwm i ffwrdd yn ei hofni hi, Poppaline, ac yn ei pharchu hi, er eu bod yn crynu, efallai. Paciodd bob tamed o eiddo Jasmine i gefn y Datsun a gyrru draw i Gwm Grisiau wrth i'r haul bincio'r tirlun. Stwffiodd bum can punt ym mhwrs Jasmine cyn iddi adael y tŷ, ac eistedd yn y car yn dawel yn smocio Rothmans tra oedd ei merch yn cerdded i lawr y llwybr igam-ogam o'r drws ffrynt at y car. Roedd eisoes wedi gwneud esgus dros beidio â mynd â'i merch yr holl ffordd, ond y gwir oedd ei bod hi'n gyndyn o lefain o flaen dieithriaid, rhag iddynt golli eu parchus ofn ohoni.

Ond oherwydd taw hi, Poppaline, oedd y Frenhines, roedd hi wedi dwyn perswâd ar Malcolm i ganiatáu i lawforwyn fynd gyda'i merch i'r cwm estron. Merch ifanc o'r enw Sally oedd hon, merch oedd am gael profiad gwaith yn lladd-dy Malcolm, ac addawodd edrych ar ôl Jasmine, a chadw cwmni iddi.

Ddiwrnod cyn iddynt adael y pentref, roedd Poppaline wedi gofyn i Sally ddod i'w gweld. A'r ferch ifanc yn sefyll yno o'i blaen, dyma Poppie'n estyn am gyllell Stanley ei gŵr a thorri cwys denau ym mlaen ei bys bawd chwith. Syllodd Sally'n syn ar hyn. Gwasgodd Poppaline dri diferyn tew o waed ar glwtyn llacharwyn ar y ford o'i blaen, a rhoi hwnnw i Sally i'w roi i Jasmine pan fyddai'r amser yn iawn. I'w merch, rhoddodd *pager*, gan ddweud wrthi y gallai alw amdani unrhyw bryd, a byddai ei mam yn dod i'w helpu, gan esbonio bod 'na system GPS ynghlwm wrth y teclyn fyddai'n gadael iddi weld union leoliad Jasmine unrhyw bryd, ddydd a nos. Yn ogystal, ac yn well na'r teclyn, anfonodd Poppaline ei chi, Rex, gyda'i merch, ci oedd yn hynod, hynod ffyddlon, yn dda am adnabod perygl ac un oedd yn siŵr o fedru ffeindio'i ffordd adref yn ddiogel drwy niwl, law neu eira. 'Sgyrnygodd Rex wrth arogli Sally, a hynny'n syth bìn.

Syllodd Sally ar y gwaed yn sychu'n batrwm tebyg i bapur wal Laura Ashley, gan feddwl bod y fenyw 'ma, Poppaline, yn hollol nyts. Roedd hi'n hala cilo o gocên wedi'i guddio dan lawr ffals yng nghes Sally, jest rhag ofn, meddai 'eich bod chi angen prynu pethau', fel tase hi'n pacio gŵn nos sbâr i'w merch.

Nid oedd Jasmine yn deall ei bod yn mynd i'r cwm arall yma i briodi mab Malcolm, gan fod ei mam wedi dweud wrthi ei bod yn mynd am wyliau bach. Nid oedd yn gwybod hynny pan adawodd ei mam hi ar y tir gwastad jest cyn eich bod yn cyrraedd Cwm Grisiau. Oedodd ei mam ddim. Ar ôl rhoi un gusan sydyn ar foch Jasmine, ac ysgwyd llaw Sally'n ffurfiol, trodd ar ei sawdl.

Ond nid gwyliau bach yw croesi Cwm Grisiau.

Does 'na ddim heolydd go iawn yn y cwm, ac mae pawb yng Nghwm Grisiau'n cerdded neu'n marchogaeth ceffyl, gan nad yw ceir na faniau na lorris na motor-beics yn medru mynd ar gyfyl y lle. Gallech weud ei fod yn lle diarffordd. Diarffordd iawn. Ond natur y tirlun sy'n ei neud hi'n anodd symud o gwmpas. Bryniau serth fel conau, a nifer o'r rheini wedi eu creu gan y diwydiant glo, tipiau gwastraff felly, tir serth a thocsig a du fel y fagddu.

Felly roedd yn rhaid i Jasmine a Sally gerdded i Gwm Grisiau o waelod y lôn unig oedd wedi mynd yn drech nag injan Datsun druan Poppaline. Ond roedd yna risiau i helpu'r ddwy, miloedd ar filoedd ohonynt, wedi eu creu gan lowyr yn eu hamser sbâr, un o ryfeddodau Cymru, os nad y byd. Amcangyfrifir bod dros filiwn a hanner o risiau yn codi o Gwm Grisiau, llafur cariad a llafur caled wedi creu llwybrau igam-ogam, hyd yn oed yn y llefydd mwyaf serth. Ac roedd yn rhaid i Jasmine a Sally gerdded i fyny'r rhain, dros y llefydd mwyaf serth, a hithau'n dechrau nosi, a sŵn yr anifeiliaid gwyllt, neu'r cŵn gwyllt, neu'r cadnoid neu ta beth, yn udo a chyfarth wrth iddynt groesawu'r tywyllwch.

Oherwydd ei bod yn dioddef o fertigo, a phob cam yn artaith iddi, gofynnodd Jasmine i Sally a fyddai mor garedig ag ail-lenwi ei fflasg yfed o nentig gyfagos, ond digon swrth oedd ateb ei chymydog.

'Nid morwyn i ti 'yf fi, Jasmine. Cer i nôl e dy hunan.'

Efallai byddai'r ymateb wedi bod ychydig yn fwy caredig petai Jasmine wedi esbonio'i hofnau, ond fel roedd hi, bu'n rhaid iddi ddringo ar hyd sil cyfyng o graig i gyrraedd y man lle rhuai'r dŵr prysur, ac ail-lenwi'r fflasg. Curai ei chalon fel aderyn bach mewn cawell.

Fel sy'n digwydd ar deithiau fel hyn, neu mewn straeon fel hyn, digwyddodd yr un peth dair gwaith: Jasmine yn gofyn am gymorth i gael dŵr; Sally'n gwrthod. Dair gwaith i gyd, fel sy'n arferol mewn stori o'r math yma. Gwyddai Jasmine y byddai ei mam yn hanner lladd Sally petai hi'n gwybod am ei hanufudd-dod. Neu efallai nid jest hanner ei lladd …

Ond digwyddodd rhywbeth hynod anffodus tra oedd Jasmine yn dal ei fflasg yn y dŵr y drydedd waith. Cwympodd y *pager* allan o boced ei siaced a diflannu i'r dŵr. Edrychodd Jasmine ar y teclyn yn diflannu ac ofn yn ei brest, ond teimlai ei chydymaith ryddhad yn ei chynhesu hi'r tu mewn, fel sy'n digwydd pan mae rhywun yn yfed gwin coch cryf. Gwenodd Sally'n haerllug o sylweddoli nad oedd modd gan Jasmine bellach i gysylltu â'r bwystfil 'na o fam, ac felly roedd balans y pŵer wedi newid, a doedd dim angen iddi ofni na'r fam na'r ferch ddim mwy.

Nid oedd Sally i wybod bod gan y clwtyn gwyn a'r tri dropyn o waed arno fwy o bŵer nag unrhyw declyn, a'i bod hi, wrth fynnu bod Jasmine yn cario bagiau'r ddwy o hynny ymlaen, yn tynnu melltith arni ei hun. A phan orchmynnodd Sally y dylai hi a Jasmine gyfnewid eu dillad, nid oedd hi i wybod bod hon yn ffordd i ganol coedwig dywyll, a gwaeth.

Roedd Sally wedi clywed bod mab y bwtsiwr yn dipyn o bishyn a doedd fiw iddi adael i Jasmine ei fachu, a hithau wedi cael ei sbwylo digon yn ei bywyd yn barod. Ar ôl noson o deithio llafurus a chaled, a gweddïo y byddai'r bleiddiaid yn cadw draw, dyma nhw'n cyrraedd cartref Malcolm John y cigydd.

Safai'r tŷ ar gyrion y pentref, yng nghanol o leiaf erw o erddi aeddfed, a choed *monkey puzzle* a labwrnwm yn tyfu ar lawnt sylweddol oedd wedi ei thorri mor destlus a chymen nes ei bod yn edrych fel *astroturf*. Roedd naws Ffrengig i'r tŷ, oedd yn gwneud iddo edrych allan o'i le – *château* yng nghanol y cymoedd –

a'i addurniadau pensaernïol yn arddull y ddeunawfed ganrif, sef cymysgedd danheddog o dyrrau pigog, *façades* amrywiol, amlonglog a chadernid *quoins*, blociau mawr o garreg yng nghorneli'r adeilad. Roedd Matthew, mab Malcolm, yn hync a hanner, a gwallt melyn fel syrffiwr a chyhyrau siapus dan ei grys-T Hollister ffasiynol. Estynnodd Matt ei law i Sally, mewn ffordd braidd yn ffurfiol a stiff, ac ymatebodd hi â ffurfioldeb ffug. Y tu mewn iddi roedd ei chalon yn dawnsio rymba o lawenydd, nid yn unig oherwydd ei bod yn mynd i briodi'r hync, ond, hyd yn oed yn well na hynny, am ei bod yn mynd i neud hyn a Jasmine yn dyst i'r cyfan. Yn stiwo mewn cenfigen.

Roedd y lle'n grandiach fyth tu mewn. Tra oedd Sally'n newid ar gyfer cinio yn un o'r stafelloedd mwyaf yn y tŷ, bu Malcolm yn siarad â'i chydymaith, Jasmine, menyw swil ar y naw, oedd prin yn medru edrych i fyny: eto i gyd gallai weld ei bod yn brydferth. Pan ofynnodd i Sally amdani, esboniodd hithau'n siarp ac yn swta taw rhywun oedd eisiau gwaith yn y lladd-dy oedd hi, ac y byddai'n dda petai hi'n medru dechrau yno'n brydlon yn y bore, oherwydd nid oedd hi'n gwmni da i unrhyw un, gan ei bod hi'n surbwch ac yn sur a phrin ei bod hi'n medru dweud cymaint â 'bore da' wrth neb.

Ond awgrymodd Matt y gallai'r fenyw ifanc yn hytrach helpu gyda'r gwyddau, gan esbonio'i fod yn cadw casgliad helaeth ohonynt, nid yn unig ar gyfer y farchnad Nadolig, ond hefyd ar gyfer yr wyau oedd yn ddelicasi personol ganddo, yn enwedig ar ddydd Sul, pan fyddai'n gwneud bara Ffrengig ac omlets i frecwast i'r teulu cyfan.

'Gall hi helpu Conrad, y bachan sy'n edrych ar ôl yr adar. Ma' lot o waith glanhau cachu, ond mae'r adar yn gymeriadau, bob un. Walter yw'r un gwaetha – wedi ei enwi ar ôl Walter Matthau achos bod ganddo wyneb hen a chrincli.'

Y bore canlynol gofynnodd Sally am ffafr arbennig gan y mab hynci, y dyn-yr-oedd-hi-i-fod-i'w-briodi – ei darpar ŵr, meddyliwch – sef hala'r ci, Rex, i lawr i'r lladd-dy i'w ladd, am ei fod yn dda i ddim, ac yn 'sgyrnygu arni drwy'r amser, ac na fyddai'n trystio'r ci o gwmpas eu plant. Y gwir oedd ei bod yn amau y gallai'r ci fynd sha thre a nôl help, neu'n waeth fyth, dod â Poppaline yno, fyddai'n debyg i wahodd Belsebwb ei hun, neu angel dinistr.

'Plant?' gofynnodd Matt, oedd heb ystyried y fath oblygiadau, gan nad oedd wedi credu ei dad pan ddywedodd wrtho'i fod wedi trefnu priodas dda iddo.

'Symo ni'n neud y math hynny o beth o fewn ein diwylliant ni,' dywedodd yn blaen wrth ei dad. 'Dydyn ni ddim yn trefnu priodasau.'

'Dwi wedi addo,' esboniodd ei dad, 'a dyna ddiwedd arni.'

A phan ofynnodd ei ddarpar wraig iddo drefnu i rywun i lawr yn y lladd-dy ladd Rex, y ci hoffus yr olwg hwnnw, dechreuodd Matt amau y dylai ei heglu hi o 'na'n gyflym, a gwneud bywyd newydd iddo'i hunan yn rhywle pell: Dominica efallai, neu Alasca neu rywle hyd yn oed yn bellach i ffwrdd.

Clywodd Jasmine am y cais dieflig i ddienyddio ci ei mam, ac mi aeth hi'n syth i lawr i siarad â rheolwr y lladd-dy i ymbil arno i adael i'r ci fynd yn rhydd, gan addo na fyddai'n gweld cynffon blewog Rex byth eto, a rhoi'r pum can punt i gyd iddo hefyd. Ond roedd y dyn yn styfnig. Gwrthododd yr arian ac anwybyddu cais emosiynol y fenyw ifanc fel ei gilydd. Gwyddai Jasmine beth oedd ar ddigwydd.

Yn y diwedd, bu'n rhaid iddi newid hanfod ei chais; felly gofynnodd i'r rheolwr a allai hongian pen y ci wrth y gât a arweiniai at y cwt gwyddau fel y gallai ei weld e bob dydd. Roedd y rheolwr yn hapus ddigon i wneud hyn, er na allai weld pam y byddai hyn yn bodloni'r fenyw oedd byth yn edrych lan.

Yn y bore, lladdwyd y ci a hongiwyd ei ben ar ddarn o raff uwchben y gât, ei dafod yn denu clêr hyd yn oed cyn i'r haul godi'n iawn. Wylodd Jasmine, ac wylo, ac wylo, ac wylo.

Yna, am wyth, pan nad oedd gan Jasmine ddim dagrau ar ôl, a hithau ar ei ffordd i fwydo'r adar, dyma hi'n cyfarch y benglog waedlyd, gan ddweud, 'Och fi! Dyma Rex, yn farw gelain.'

A dyma'r pen yn ateb yn ddisymwth:

'O, petai dy fam, y Frenhines, yn gwybod,
Fe holltai ei chalon yn ddwy mewn trallod
Fel bwyell yn torri ei chroen hi
Wrth i'r cythraul calonddu ladd ei chi.'

Ar ôl i'r ddau fwydo'r gwyddau, aeth Jasmine a Conrad yn eu blaen i gerdded ar hyd y dolydd breision ar lannau'r afon, ac wrth i Jasmine eistedd i gysgodi rhag yr haul, oedd yn dechrau mynd yn hynod o boeth yn barod, gadawodd ei gwallt i lawr i'w gribo, a'r tresi euraid yn cystadlu â sglein wyneb y dŵr wrth i belydrau'r haul nadreddu ymhlith y lilis ac â phrydferthwch yr olygfa'n gyffredinol. O, roedd Conrad wrth ei fodd yn syllu ar brydferthwch y fenyw. Pan fyddai'n ddigon hen, byddai'n siŵr o'i phriodi, a chaent eu haid eu hunain o wyddau. Rhai â phig melyn, stoc da, Brecon Buffs, Toulouse ac Embdens, ac efallai y gallai eu prynu nhw gan ei feistr.

Edrychodd Conrad eto ar wallt hardd Jasmine, a doedd dim byd y dymunai ei wneud yn fwy bryd hynny na chael peth o'r gwallt 'na i'w deimlo pan na fyddai hi o gwmpas, i'w arogli, a'i drysori a'i gadw'n saff. Ond yna, fe wedodd hi:

'Chwytha, wynt, a chwytha'n gryf,
A lluchia het Conrad i mewn i'r llif.
Rhaid iddo redeg i'w chipio'n ei hôl
Tra pletha i fy ngwallt
A rhoi stop
Ar ei freuddwydion ffôl.'

Ac yn wir, pan gododd y gwynt, roedd yn debycach i gorwynt, ac erbyn i Conrad nôl ei het, roedd Jasmine wedi gorffen clymu ei gwallt yn un dorch daclus, dwt.

Drannoeth, wrth iddynt fynd heibio i ben Rex, a'i gyfarch â'r ebychiad arferol, 'Och fi! Rex', nododd y ddau ohonynt fod yr arogl melys newydd-farw wedi troi'n sawr mwy hallt, mwy ymosodol. Y tro hwn roedd geiriau'r benglog yn union 'run fath â'r tro diwethaf, fel sy'n digwydd bron hyd at syrffed mewn straeon *faerie* neu dylwyth teg:

'O, petai dy fam, y Frenhines, yn gwybod,
Fe holltai ei chalon yn ddwy mewn trallod
Fel bwyell yn torri ei chroen hi
Wrth i'r cythraul calonddu ladd ei chi.'

Ar ôl bwydo'r gwyddau a chasglu'r wyau, dyma grwydro i'r dolydd unwaith yn rhagor, a Jasmine yn dechrau cribo'i gwallt drachefn. Y tro hwn, rhedodd Conrad draw ati gyda'r bwriad o afael yn ei gwallt, ond dyma hi'n dweud:

'Chwytha, wynt, a chwytha'n gryf,
A lluchia het Conrad i mewn i'r llif.
Rhaid iddo redeg i'w chipio'n ei hôl
Tra pletha i fy ngwallt
A rhoi stop
Ar ei freuddwydion ffôl.'

Daeth gwynt cryf o rywle eto, a chwythu'r het i lwyn o fieri dau gae i ffwrdd. Erbyn i Conrad ei heglu hi draw i'w chasglu, roedd gwallt Jasmine unwaith yn rhagor yn dwt ac yn deidi a thu hwnt i gyrraedd ei ddwylo.

Y noson honno, gofynnodd Conrad a allai siarad â Malcolm John y cigydd i drafod ei amodau gwaith. Rhyfeddodd Malcolm fod y crwt yn ddigon hy i ofyn am unrhyw beth o gwbl. Trefnodd sesiwn ffurfiol gydag e, am hanner awr wedi saith, ac ysgrifenyddes y cwmni'n cadw cofnodion.

Er bod y bachgen yn swil, roedd pendantrwydd yn ei lais wrth iddo ddweud na allai weithio 'da'r fenyw 'na oedd yn helpu 'da'r gwyddau ddim mwy.

'Pam, felly?' gofynnodd yr hen fwtsiwr.

'Am ei bod yn fy nghythruddo i, yn fy neud i'n grac drwy'r amser.'

'Beth mae hi'n ei wneud?' gofynnodd Malcolm, mewn llais caredig, tawel.

Eglurodd Conrad sut yr oeddynt yn gwneud eu gwaith yn y bore ac yna'n cerdded heibio i ben y ci marw 'na, beth oedd ei enw fe, Rex, ie, dyna ni, Rex, a bod y pen drewllyd yn siarad â nhw:

'O, petai dy fam, y Frenhines, yn gwybod,
Fe holltai ei chalon yn ddwy mewn trallod
Fel bwyell yn torri ei chroen hi
Wrth i'r cythraul calonddu ladd ei chi.'

Yna soniodd am y gwallt, a'r het, a'r gwynt, a'r ras i'w chael yn ôl. Gorchmynnodd y cigydd caredig i Conrad wneud yn union yr un peth y bore wedyn (dyma fyddai'r trydydd tro, y trydydd tro hanfodol, hudol, hudolus hwnnw).

Cyn i'r haul godi, cuddiodd Malcolm tu ôl i bentwr o sachau o beledau-bwydo'r-gwyddau yn agos at y gât. Gwelodd y ddau'n gwneud eu gwaith yn gyflym ac yn effeithiol, a chlywodd y sgwrs ryfedd rhwng Jasmine a phen y ci. Yna dilynodd ef nhw allan i'r wlad a gweld y fenyw'n llacio'i gwallt, a'r tresi'n llifo'n berffaith fel cae ŷd mewn awel dyner, a gweld y bachgen – oedd yn amlwg dros ei ben a'i glustiau mewn cariad â hi – yn symud yn nes ati er mwyn cael gafael yn ei gwallt ac yna clywed y geiriau:

'Chwytha, wynt, a chwytha'n gryf,
A lluchia het Conrad i mewn i'r llif.
Rhaid iddo redeg i'w chipio'n ei hôl
Tra pletha i fy ngwallt
A rhoi stop
Ar ei freuddwydion ffôl.'

Teimlodd Malcolm y gwynt ar ei war wrth iddo godi, nes ei fod fel corwynt wedi dod yn unswydd i daflu het Conrad druan ar draws wyth cae a llwyn o goed deri soled hanner ffordd i fferm

Pantpellaf ac i'r afon. Rhedodd i achub yr het tra oedd y ferch yn brwsio'i gwallt yn hamddenol reit, a Malcolm yn cuddio, ac yn nodi ac yn pyslo.

Y noson honno, dyma'r cigydd yn gwahodd Jasmine i ddod i'w weld, a gofyn iddi'n blwmp ac yn blaen pam roedd hi'n gwneud y pethau 'ma, beth oedd ystyr y geiriau rhyngddi hi a'r ci, a sut roedd hi'n galw'r gwynt i sgubo'r tir.

Ni chododd y ferch ei llygaid ond atebodd yn glir:

'Ni allaf ddweud y rheswm pam, na datgelu fy mhoen wrth unrhyw enaid byw, oherwydd rwyf wedi mynd ar fy llw i beidio â dweud gair, neu marw fyddaf, ie, 'sdim dowt am hynny, byddaf farw yn siŵr.'

Ymbiliodd yr hen ŵr arni i esbonio mwy, ond ddaeth yr un gair o'i gwefusau. Teimlai Malcolm y byddai'n greulon ei gorfodi hi i ddweud mwy, heb sôn am fod yn beryglus, gan ei bod yn amlwg yn ofni rhywbeth, neu rywun, yn fawr iawn.

'Felly,' awgrymodd Malcolm y cigydd, 'os nad wyt ti am ddweud wrtho i, beth am i ti siarad â'r Aga?' gan bwyntio ar y stof enfawr yn y gegin. 'Bydd dweud wrth rywbeth yn ysgafnhau'r baich, dwi'n siŵr.'

A dyma'r ferch yn camu i mewn i'r Aga, ei hysgwyddau'n plygu'n dwt i fynd drwy'r drysau bach duon, a dechrau llefain a llefain. Adroddwyd yr hanes i gyd, gan gynnwys y daith dros y bryniau, a'r brad, a phopeth.

'Dyma fi, ferch Poppaline, brenhines Sliders Terrace, ac felly'n rhyw fath o dywysoges, ond wedi f'amddifadu o'r byd. Gwnaeth y Sally hyll 'na i mi gyfnewid fy nillad 'da hi, ac mae hi wedi cymryd fy lle i gyda Matthew, y dyn yr oeddwn i i fod i'w briodi. Nawr 'mod i wedi ei weld, a sylweddoli bod ganddo lygaid caredig, rhaid imi gyfaddef y buaswn wedi bod yn ddigon hapus i dreulio gweddill fy oes yn ei gwmni, dim ond i mi gael mynd adre bob hyn a hyn i weld Mam, er y byddai hi'n torri ei chalon o glywed am yr hyn ddigwyddodd i'r ci. Nawr bydd raid i mi dendo'r gwyddau am weddill 'yn oes. O, byddai, byddai Mam yn torri ei chalon i glywed am hyn.'

Safai Malcolm wrth biben y stof, yn gwrando'n astud, astud ar bob gair. Yna cerddodd lan at yr Aga enfawr a gofyn i Jasmine gamu allan. Gwnaeth hyn â pheth anhawster, a chyda thipyn o lwch ar ei gwallt a'i dillad. Yn wir, edrychai fel un o'r bechgyn 'na oedd yn arfer glanhau simneiau. Mynnodd Malcolm ei bod yn cael cawod ac yn newid ei dillad, ac anfonodd ei ysgrifenyddes yr holl ffordd i John Lewis yng Nghaerdydd i brynu dillad newydd i'r ferch ifanc, dlos. Roedd hi'n iawn. Byddai ei mam yn torri ei chalon, a mwy na thebyg yn lladd y ferch ffals, dwyllodrus allai fod wedi priodi ei fab oni bai am benglog ci oedd yn siarad a gwynt rhyfedd a ysgubai'r tir pan ofynnai Jasmine iddo wneud hynny.

Yna dywedodd wrth ei fab beth oedd wedi digwydd, ac esbonio'r twyll a chyflwyno'r ferch-tendo'r-gwyddau yn ei dillad newydd, ac roedd hi'n brydferth, na, yn brydferthach na phrydferth; roedd hi'n berffaith, a'i gwallt yn ffrâm i'w phrydferthwch, a'i bochau ceirios a'r llygaid mwyaf deniadol dan haul, nawr ei bod hi'n medru codi ei phen ac edrych ar bobl. Trefnodd Malcolm wledd ar gyfer y penwythnos, ac archebu *marquee* enfawr, a gofyn i Edward H. Dafis ailffurfio i chwarae yn y ddawns ar ôl y wledd.

Wrth y bwrdd eisteddai Sally, Matthew a Jasmine. Doedd Sally ddim yn adnabod Jasmine, yn rhannol oherwydd ei dillad hynod a'i phrydferthwch newydd, ond hefyd oherwydd bod Sally wedi ei dallu gan gariad, a hithau, gwaetha'r modd, wedi cwympo mewn cariad go iawn â Matt, yr hync. Ar ôl y bwyd a'r ddiod, a phawb mewn hwyliau da, dyma'r bwtsiwr yn gofyn i Sally pa gosb ddylai rywun ei chael am dwyllo rhywun arall, a disgrifiodd yn union beth oedd wedi digwydd i Jasmine. Ceisiodd Sally amddiffyn ei hachos, ond roedd rhywbeth fel petai'n ei ffrwyno hi - clwtyn gwyn a staeniau gwaed arno, efallai – a fedrai hi ddim yngan gair o brotest.

Dywedodd: 'Dylsai rhywun mor slei â hynny gael ei stripio'n gyfan gwbl noethlymun a'i roi mewn casgen ddŵr wedi ei stydio 'da hoelion siarp. Dylid clymu'r gasgen wrth ddau geffyl cryf fyddai'n ei thynnu drwy'r strydoedd nes bod y person tu mewn yn gelain farw.'

'Felly y bydd hi,' atebodd Malcolm, ac anfon pobl mas i chwilio am gasgen ddigon o faint. 'Hon fydd dy gosb, a da o beth taw ti sydd wedi ei phennu.'

Ar ôl i Sally fynd am reid anhygoel o boenus yn y gasgen, a'i reid olaf i unrhywle, dyma Jasmine a Matthew yn priodi, ac wrth gwrs, yn byw yn hapus iawn, iawn, iawn gyda'i gilydd.

Am byth bythoedd.

Roedd Conrad hefyd yn dechrau pennod newydd yn ei fywyd, a haid o'i wyddau ei hunan – Brecon Buffs pert a chiwed o wyddau Toulouse newydd – a chariad tuag at Gwenhwyfar, y ferch-sy'n-godro-gwartheg-yn-y-fferm-drws-nesa'n byrlymu yn ei frest. Diolch byth ei bod hi yn teimlo'n union yr un fath. Diolch byth, neu byddai patrwm y math yma o stori, un o straeon y brodyr Grimm fel mae'n digwydd, yn cwympo'n gyfan gwbl rhacs.

CADW PARADWYS

Syllai'r haul fel llygad cobra ar y byd oddi tano: y cabanau to gwellt bychain, a'r tu allan i'r rheini, prysurdeb y pysgotwyr yn tendio'r rhwydi rhwygedig. Awr i fynd cyn penllanw, pan fyddai'n amser mynd â'r cychod llacharwyn allan unwaith yn rhagor i hela yn yr heli, y tu hwnt i linell werdd tyfiant y mangrof. I fôr-fyd y duwiau, lle roedd dyn yn degan, yn greadur pitw iawn, iawn. Allan â nhw, i ganol y tonnau gwyrddlas, asur, lle byddai'r llygad ffyrnig, tanllyd, beunyddiol hwnnw'n syllu'n ddidrugaredd arnynt.

Anodd oedd credu pa mor ffrwythlon oedd y môr y flwyddyn honno, a phob trip pysgota'n un cynhaeaf arian, byw, pob rhwyd dan ei sang o *wahoo*, baracwda, hwylbysgod, *billfish*, siarcod-bach-y-tywod a rhubanau byw o *feeli-feeli*. Prin roedd y menywod yn medru sychu a mygu a storio un llwyth o bysgod cyn i'r un nesa ddod i mewn, a breichiau'r dynion yn hongian yn llipa wrth eu hochrau, heb yr egni i ddod â'r cwch i'r lan, bron.

Byddai rhai o hynafgwyr y pentref yn awgrymu y dylid rhoi'r gorau i bysgota am ychydig, a gadael i Miroka, ysbryd llonydd y môr, neu efallai ysbryd y môr llonydd, gael amser i anadlu, ond cofiai'r pysgotwyr am y cyfnodau o newyn, pan nad oedd cymaint â 'slywen werdd i'w bwyta, a phlant yn troi'n sgerbydau a'u boliau fel potiau. Felly, roedd rhaid mynd i'r môr, a mynnu llwyth arall, ac un arall, ac un arall nes bod y stordai'n llawn. Wedyn, tynnwyd y cychod i'r lan ac aeth y dynion, eu crwyn wedi eu staenio'n fahogani tywyll gan y dyddiau hir dan yr haul ffyrnig, i lolian ar y traeth, i gysgu, ac yna smocio *cheroots* a chael breuddwydion mawr, fel chwedlau, gan eu bod yn cysgu mor hir ac mor ddwfn ar ôl eu llafur caled. Edrychent fel llwyth o forloi: y dynion mewn coma o gwsg, yn chwyrnu ac yn cnecu tra bo'r crancod bach yn nipian y croen oddi ar wadnau eu traed.

Yn ei freuddwyd, gwelodd y pysgotwr ifanc Tioti enedigaeth ryfedd, wrth i ran o dalcen Tebakatibu-Tai, sef yr haul, chwyddo a chwyddo nes byrstio, gan adael i Na Areau ddod i'r byd. Roedd ganddo'r un pwerau â'i dad, ac roedd hwnnw'n caniatáu iddo wneud fel y mynnai; felly dyma'r mab yn rhwygo llygaid y tad o'i ben er mwyn creu'r sêr mwyaf amlwg. Ac erbyn i'r sêr hynny ddechrau tywynnu yn y freuddwyd, byddai bron yn amser i Tioti ddihuno, i fynd i lenwi ei rwyd â channoedd o *feeli-feeli* unwaith yn rhagor.

Mewn caban arall, breuddwydiai ei gyfaill Arobati am siwrne, ac yntau'n ddim ond baban ar y pryd ac yn cael ei daflu'n ddiymadferth i lyn o dân, a'i fam yn gorfod casglu ei esgyrn a'i ludw a gofyn i Nei Nanomaka i'w atgyfodi, na, ymbil arno. Digwyddodd hyn dair gwaith, gan wneud i Arobati deimlo nerth aruthrol yn ei freichiau, y math o bŵer fyddai'n rhoi'r gallu iddo bysgota o fore gwyn tan nos. Ac wrth iddo sylweddoli hynny, dyma'r dyn yn dihuno ac yn mynd i chwilio am fango i'w sugno, oherwydd roedd cael eich atgyfodi dair gwaith yn waith caled a sychedig, yn enwedig oherwydd yr holl lwch a'r lludw 'na.

Breuddwydiai Bauro, y 'sgotwr mwyaf boliog a hapus, yn eironig ddigon, am ddiwedd y byd, heb sylweddoli ei fod yn proffwydo yn ei gwsg.

Cyrhaeddodd y dynion estron yn eu llong un bore. Roeddent wedi anelu at ochr bella ynys gerllaw i osgoi cael eu gweld gan yr ynyswyr, a rhwyfo o'r fan honno. Gwelwyd nhw'n dod o bell, ac wrth iddynt nesáu at yr ynys roedd y llwyth i gyd, o'r hynafgwyr dros eu can mlwydd oed i'r plant ar eu coesau tenau, yn disgwyl amdanynt yn un rhes daclus ar erchwyn y traeth, yn gwylio'r dyfodol yn rhwyfo tuag atynt.

Un dyn yn unig oedd yn rhwyfo, er bod dwy set o rwyfau.

Eisteddai'r dyn boliog yn ei het banama gwyn yn y blaen yn cysgodi ei lygaid â'i law dde rhag y goleuni llachar a dasgai oddi ar wyneb y dŵr. Antoine Miel, yr arolygydd, oedd hwn, dyn addysgedig ar y naw – wedi bod yn y Sorbonne a Rhydychen, a'i fryd bellach ar ddarganfod ffosffad rywle yn yr archipelago. Yn chwysu'r tu ôl iddo roedd Kremball, gwas ffyddlon heb gŵyn yn ei enaid wrth i'w freichiau wegian dan y straen o gludo'i feistr hynod dew i'r lan.

Arllwysodd Miel ei hun allan o'r cwch i sychder y tywod heb unrhyw urddas o gwbl, gan ddechrau ei berthynas â'r ynys, a'r ynyswyr, ar ei bengliniau. Safodd yn sigledig, ar goesau jeli, oherwydd roedd y fordaith wedi bod yn un hir iawn, a'i falŵn o gorff wedi dechrau arfer â siglo'n ôl a mlaen a lan a lawr, a nawr roedd hi'n anodd dygymod â'r diffyg siglo. Ond wrth i Kremball lusgo'r cwch yn uwch i fyny bancyn isel y traeth, dyma Miel yn codi ei ên ac agor ei freichiau i gwmpasu'r holl bobl o'i flaen, i'w cofleidio nhw fel teulu newydd.

'*Good morning. Ko no mauri. Ko uara.* Pleser yw bod yma, ar ran llywodraethau Prydain Fawr a'r Almaen, sy'n dymuno'n dda i chi i gyd, ac yn awyddus i mi gyflwyno fy hun yn ffurfiol. Fy enw i yw Miel, sy'n golygu mêl.'

Oedodd, gan chwilio yn ei gof rhyfeddol am y gair brodorol. Pwyntiodd ei fys at ei frest.

'*Kambi-ta*,' meddai, yn wên o glust i glust, a'r wên honno'n aros ar ei wyneb wrth i'r llwyth ddechrau ailadrodd ei enw, mewn ffordd *sing-song*, sŵn plentyn yn dysgu siarad, neu fwmian y môr yn sibrwd ei siarad gwag mewn cragen wrth y glust.

'*Kambi-ta*,' meddent, yn rhyfeddu bod unrhyw un wedi ei enwi ar ôl mêl, gan fod pob aelod o'r llwyth wedi ei enwi ar ôl rhywbeth oedd yn gysylltiedig â'r môr.

'*Gifts! It is a time of gifts for you all*,' bloeddiodd y dyn gwyn.

Camodd hynafwr ymlaen, gan wybod taw dyma'r foment i'w gyflwyno'i hunan, ac ehangder ei awdurdod.

Estynnodd Miel watsh aur iddo, ynghyd â blanced wedi ei gwneud o grwyn marmotiaid, a llond sach o rubanau a phethau tlws – clychau arian, gemwaith tsiep-ond-deniadol-i'r-llygad, a gwyddai'r hen ŵr nad nawr oedd yr amser i dwrio. Gwell fyddai iddo gadw ei urddas a chwilota yn nhawelwch ei gaban, a'i wyrion wrth ei draed.

Ac roedd 'na anrheg i bawb, a Kremball yn hapus yn eu dosbarthu nhw, yn chwibanu wrth chwarae Siôn Corn i'r ynyswyr golygus, iachus yr olwg.

Pwy allai fod wedi darogan effaith y newydd-ddyfodiaid yma ar y gymuned hon sy'n byw yn llacharlas oleuni paradwys ei hun? Neb, efallai. Neu neb ar wahân i Karam, y shaman doeth oedd yn byw yn y caban mwyaf diarffordd ar yr ynys. Pan syllai i ganol y cylch o esgyrn pysgod ar lawr clai caled ei gaban, gwelai weledigaethau a drychiolaethau oedd yn taflu gwaywffon o iâ drwy ei galon.

Dinistr hollol. Dinistr di-ben-draw. Y tyfiant i gyd – pob coeden a phob glaswelltyn – wedi ei chwalu'n bast, a chreigiau'r ynys wedi eu hollti. Llwyd oedd popeth, a brown cemegol, ac erwau o gregyn du yn lle pridd maethlon, a phob aderyn lliwgar yn farw neu'n byw yn rhywle arall. Armagedon o ynys. Un wedi ei sbwylo'n llwyr. *Yn llwyr.* Gweddnewidiad oedd yn awgrymu gwaith Mikkan, y diafol dduw, yr un oedd yn peri i'r moroedd ferwi a thasgu'n wyllt.

Oerodd y gwaed yng ngwythiennau Karam, y shaman, y gŵr doeth. Setlodd niwl coch dros ei olwg nes na allai weld dim byd arall. Cwympodd i drwmgwsg oherwydd ymdrech y gweld, a phŵer digamsyniol y newidiadau a ddeuai yn sgil ymweliad y dynion gwyn eu croen.

Y noson honno, ymgasglodd y llwyth o gwmpas tanllwyth o dân, i rostio'r geifr bach yn driw i'w traddodiad, a phawb yn eu gwisgoedd gorau. Roedd y gynulleidfa o gwmpas y tân yn wledd i'r llygad: y lliwiau'n cystadlu'n hawdd ag unrhyw enfys, hyd yn oed enfys y nos, pan fydd y bwa'n derbyn golau'r lleuad yn hytrach na'r haul a'r rhubanau o olau hufen yn riplo'n dawel yn y swnt rhwng eu hynys nhwythau a'r un nesaf.

Curwyd y drymiau sanctaidd, y rhythmau mesmeraidd yn llifo fel y llanw, a dechreuodd rhai o'r hynafgwyr barfog smocio'r glaswellt hud, oedd yn ddigon i ddanfon mwy nag un i berlewyg o freuddwyd sinematig, er nad oedd yr ynyswyr yn ymwybodol o fodolaeth na sinema na thrydan, na drylliau. Roedd hyn yn bwysig, gan fod Miel a Kremball yn cario gwn yr un, a byddai'r cwmni mwynau oedd wedi eu hanfon i'r ynys i chwilio am ffosffad yn gwneud yn siŵr bod pob un o'r gweithwyr a ddeuai i'r ynys, yn arfog, ac yn gwybod sut i ddelio ag unrhyw ynyswyr fyddai'n achosi unrhyw drafferth o gwbl iddyn nhw.

Ond am nawr, sgleiniai wynebau'r ddau ddyn dieithr, eu bochau a'u genau'n fraster i gyd oherwydd yr afr rost, ac roedd y ffrwydriadau o flas egsotig yn y geg wrth iddyn nhw arbrofi ag un ffrwythyn brodorol ar ôl y llall bron yn ormod iddynt. Edrychai un ffrwyth fel corff hen ddyn wedi ei sychu yn y gwynt ond roedd blas yr hadau'r tu mewn iddo fel hanfod y gwanwyn yn La Rochelle, ar Fae Biscay, lle tyfodd Miel i fyny, yn hapus iawn ei fyd yn y sioe o wyrddni a ddigwyddai bob mis Mawrth wrth i'r ddraenen ddu lenwi a gorchuddio'r cloddiau ag eira'i blodau bach.

Tu allan i'r cabanau, lapiai'r tonnau bach draethellau'r ynys lle'r ymgasglai miliynau o ysbryd-grancod, anifeiliaid arallfydol, bron, â chefnau tryloyw, yn ymgomio'n rhywiol-filwrol â'u pinseri trymion, fel lleng Rufeinig yn drwm dan bwysau eu harfwisgoedd, ond bod popeth ar ffurf fechan, a symudiadau'r creaduriaid yn arian byw o dan lifoleuni tyner y lleuad lawn.

Cysgodd y ddau newydd-ddyfodiad yn drwm, nid yn unig oherwydd eu bod wedi teithio'n bell, yn bell iawn, ond oherwydd eu bod wedi derbyn pob gwahoddiad i smocio'r pibellau o frwyn oedd yn llosgi'r perlysiau hud, a ddaethai o ryw ynys arall.

Wrth iddynt gysgu, breuddwydient am bethau rhyfedd iawn. Roedd Miel yn cael ei chwipio gan ddyn deg-llygeidiog, ei gefn yn cael ei racsio gan y fflangellau, a llygaid y dyn yn troi yn ei ben, pen cleren gwyllt yn mynd yn wylltach. Roedd Kremball wedi troi'n dylluan, yn hela marmotiaid, sgwarnogod eira a llygod yr Arctig dros unigeddau rhewllyd y twndra. Daeth un o'r pentrefwyr i sefyll uwch eu pennau, cyfri i bump ac yna, yn ei gwrcwd, symud ei fys yn agos at yddfau'r ddau ddyn yn eu tro a smalio'i fod yn torri eu gyddfau â chyllell, tra oedd y gyllell go iawn yn sownd yn ei wregys o groen llamhidydd. Gwyddai'r dyn fod ganddo'r pŵer, a ffordd syml, liw nos, i ladd y cnafon. Ac y byddai hynny'n digwydd yn ddi-ffws ac yn ddiffwdan, a hynny cyn hir.

Pam ddaethant yma, i sbwylo paradwys? Wel, yn 1896 oedodd criw llong oedd yn perthyn i'r Pacific Islands Company ar ochr orllewinol yr ynys, yn bell o'r pentref, yn ddigon hir i roi amser i un o'r swyddogion, Henry Denson, grwydro am ddiwrnod cyfan a chanfod carreg ryfedd yr olwg. I ddechrau tybiai taw darn o bren wedi ei ffosileiddio oedd e, a'i fwriad oedd mynd ag e 'nôl i Plymouth i naddu marblis ohono i'w ddau fab. Ond fel mae'n digwydd, anghofiodd am y peth, a thrwy ffawd neu ddifaterwch, defnyddiwyd y darn o garreg i gadw'r drws ar agor yn swyddfa'r cwmni yn Sydney.

Trwy lwc, daeth arbenigwr i weithio yn y swyddfa, dyn o'r enw Albert Ellis, a dyfalu beth oedd y garreg mewn gwirionedd, a'i gwir werth, ar ôl gweld patrwm o grisialau bychain mewn craciau yn y garreg. Profodd y stwff a darganfod taw ffosffad oedd e, a ffosffad da, yn wir y ffosffad gorau roedd e wedi ei weld erioed.

Aeth aelodau bwrdd y cwmni'n ecseited reit, a cheisio prynu hawliau mwyngloddio'r ynys, ac yn ôl y drefn arferol mewn materion fel hyn, nid oedd yr ynyswyr eu hunain yn rhan o unrhyw drafodaeth, dim ond llywodraethau Prydain a'r Almaen, oedd yn cefnogi'r cwmni, oedd yn ei dro'n ceisio prynu'r hawliau gyda'u hanrhegion o bethau bychain, pitw, lliwgar. Bwriad y cwmni oedd cyfnewid chwisgi a rhubanau silc a chlychau bach wedi eu gwneud o fetal am ynys gyfan. Nid oedd gan yr ynyswyr unrhyw lais. Nac unrhyw hawliau.

A Miel a Kremball yw'r cyntaf mewn llif o arolygwyr, y rhai fydd yn penderfynu beth yw beth a ble i ddechrau cloddio'n gyntaf. Nid yw'n fwy o broses na stripio'r croen oddi ar y tir a chasglu'r garreg odano. Y gwaith caletaf, gwaith caib a rhaw; llafur crasboeth dan haul anfaddeugar.

Mae'r cysgod-ddyn, sy'n llechwra y tu allan i'r caban lle mae'r ddau ddyn yn cysgu, yn gwybod hyn oll, oherwydd mae e wedi bod yn breuddwydio'r dyfodol – nid jest breuddwydio am y dyfodol, ond breuddwydio'r dyfodol i fodolaeth, y lluniau'n cronni yn ei benglog fel rhyw ffilm Technicolor mewn Cinemascope, ac mae'n casáu'r hyn fydd yn digwydd i'r ynys wrth i'r tyllau dyfu yng nghragen y ddaear, a'r caethweision – sef ei ffrindiau oll – yn gweithio'n ddi-stop yn gwahanu ffosffad o'r tywod a'r deunyddiau eraill sy'n gymysg ag ef.

Felly mae'n camu o'r cysgodion, a'i gyllell yn cynnig gwên o sglein siarp wrth i'r rhimyn llofruddiol adlewyrchu'r lleuad. Pwyllog yw ei symudiadau, urddasol bron, ond dieflig hefyd, oherwydd mae ei fryd ar waedu'r ddau fel moch, i wneud yn siŵr na fyddant yn sbwylo pethau, ac yn gwireddu ei freuddwydion a'i broffwydoliaethau, y rheiny sy'n gweld y gwyrddni i gyd yn diflannu, a'r ynys yn troi'n foel.

Sylla'n dawel ar y ddau ddyn yn chwyrnu, ar y dyfodol yn chwyrnu'n ansoniarus ar eu gwelyau brwyn. Sylla ar wefusau Miel, sy'n llawn cymeriad a gwaed. Sylla ar wyneb mwy cyntefig Kremball, ei ben fel delw, ei dafod yn hongian allan o'i geg fel ynfytyn. Ac mae'n dechrau 'da'r dafod, yn sleisio'n gelfydd drwy'r cig a'r cyhyrau tyn, ac yna'n godro'r gwaed allan o'r gwythiennau yn ei wddf, yn sleisio'n deidi, fel petai'n paratoi pysgodyn, a chael gwared o'r ymysgaroedd trwy rych bach teidi yn y croen bob ochr i'r system dreulio.

Erbyn i'r pistyll gwaed sychu, mae'r hen ŵr wedi cerdded heb smic na smotyn arno, at lan y môr i syllu'n dawel ar rythmau'r tonnau bychain yn dod i mewn, pob un ohonynt megis yn bwyta'i olynydd, a'u sŵn fel cylchrediad y gwaed, ac yntau'n ymwybodol iawn o'r sŵn hwnnw, yn enwedig pan fyddai'n dod i stop gyda'r anal terfynol, hir, olaf.

Darganfuwyd y cyrff yn hwyr y diwrnod canlynol, pan oedd cur pen *de rigeur* ymhlith trigolion yr ynys, boed nhw'n hen bobl fethedig – y rhai oedd ar fin cerdded mewn i'r jyngl i fod mas o'r ffordd a pheidio â bod yn fwrn ar y lleill – neu'r lleng ifanc. Roedd bron pawb wedi yfed yn drwm, o'r sgerbwd-ddynion-a-menywod i'r ifanc iawn, oherwydd nid oedd y gymdeithas hon yn gwahardd yr ifanc rhag meddwi, gan fod ymgolli yn effeithiau'r hylif sanctaidd yn un math o ollyngdod allai arwain dyn at ei dduw, neu at fod yn dduw. Y dyddiau hyn, byddai rhywun yn ei ddisgrifio fel stwff seicotropig, ond iddyn nhw, dyma oedd y llwybr i'r nefoedd, yn llifo rhwng y gwefusau.

Nawr eisteddai pob un o'r hynafgwyr yng Nghylch y Cyngor, yn taro'u pastynau ar lawr yn y gobaith y byddai rhythmau'r darnau trwm o bren yn help i ystwytho'r meddwl, a rhoi atebion ynghynt. Er hyn, nid oedd y llwyth yn meddwl yn nhermau'r meddwl a'r corff, ond yn hytrach yn dadansoddi'r byd yn nhermau ysbrydion, a chanddynt enwau a phwerau gwahanol bob un, fel bod 'na ysbryd ym mhob craig a chragen, pob ymlusgiad ac aderyn prydferth, pob cranc a siarc a holl bysgod amryliw'r môr, gan gynnwys yr enfysyn, oedd yn cynnwys pob lliw yn y cread yn ei phatrymau disglair, perffaith.

Curai'r drymiau eu synau trymion. By-dwm, by-dwm, by-dwm, a'r adlais yn cael ei ddal yn y tyfiant trwchus a ddeuai i lawr bron cyn belled â'r traeth mewn mannau, tyfiant y mangrof hynafol a'i wreiddiau'n freichiau trwchus i amsugno dŵr o erchwyn y lagŵn.

Syllai'r hen ddynion ar ddim byd o gwbl, yn ofni bod 'na dro ar fyd, ac yn ceisio meddwl sut i waredu'r ofn o'u calonnau, heb sôn am beth i'w wneud â chyrff y ddau dyn gwyn. Y ddau ddyn gwyn fyddai'n dechrau pydru a drewi o fewn oriau, os nad oedden nhw eisoes. Y ddau ddyn gwyn fyddai fel abwyd i ddenu mwy o ddynion gwynion, a'u harogleuon estron a'u ffyrdd rhyfedd, heb sôn am eu lleisiau uchel, a'r drewdod sy'n codi o bobl sydd yn bwyta moch.

Doedd 'na ddim ateb gwell nag aberthu'r ddau i'r siarc-dduw, yr un oedd yn bwyta'r tir yn ogystal â llyncu unrhyw anffodusyn fyddai'n rhwyfo'n rhy araf i osgoi'r creadur enfawr rheibus. Y siarc mwyaf yn y bydysawd. Ki-ka-nu. Yr un oedd yn troi dyn byw yn llif o waed, yn ei rwygo'n ddarnau mewn dim.

Ie, y siarc-dduw oedd yr ateb. Byddent yn mynd i addoli Ki-ka-nu, allan yn y tonnau. Allan yn y tonnau mawr, yn bellach nag y byddai unrhyw bysgotwr yn ei iawn bwyll yn meddwl mynd. Oni bai ei fod wedi penderfynu lladd ei hun, ac anaml iawn fyddai hynny'n digwydd, oherwydd dedwydd oedd yr ynys, a dedwydd ei hynyswyr 'fyd.

A dyma dynnu'r cychod i'r dŵr, pob cwch oedd ym meddiant yr ynys, gan glymu pedwar at ei gilydd â rhaffau wedi eu gwneud o *lianas*, gan mai dyma oedd y ffordd orau o gludo'r cyrff allan i'r aberthfan bum milltir i ffwrdd. Roedd angen nerth breichiau cryfion i rwyfo mor bell â hynny, heb sôn am ymladd y cerrynt pwerus yn y swnt rhwng yr ynysoedd, y cerrynt lle nofiai Ki-ka-nu'n ddiamynedd, ac yn newynog wastad, a'i ddannedd yn hurt o siarp – nodwyddau mawr, sgleiniog, miniog. Cyllyll o ddannedd, mewn ceg fel ogof.

Aeth pob dyn nad oedd mewn gwth o oedran allan i'w gwch – naw deg wyth ohonynt – ac wrth godi'r cyrff ar y rafft dros-dro, nododd pob un ohonynt, ac ofn yn setlo yn ei frest, sut y tywyllodd y nen, a chymylau lliw piwter yn rasio i mewn, oedd yn gyd-ddigwyddiad efallai, neu'n arwydd dieflig fod Ki-ka-nu mewn tymer wael, yn grac 'da phob dyn byw.

Bant aeth y *flotilla* o bysgotwyr, a'r marwgwch reit yn y canol. Plymiai ambell aderyn i lawr i figitan y cyrff, ond roedd sŵn y dynion, heb sôn am dafliad ambell waywffon, yn ddigon i'w cadw nhw rhag pigo'r llygaid, neu stripo rhubanau o gig oddi ar y bochau a'r dwylo.

Setlodd cwmwl o ofn dros y criw wrth iddyn nhw gyrraedd ardal hela'r siarc-dduw, ond doedd dim amser i'w wastraffu: y peth pwysig oedd arllwys yr aberth i'r môr. Rhaid oedd i ddau fachgen ifanc gerdded ar draws y trawstiau bambŵ tenau er mwyn torri'r rhaffau a gadael i'r cyrff arnofio ar wyneb yr heli.

Arnofiodd cyrff Miel a Kremball am ddeng munud, wrth i'r ynyswyr fynd ar ras yn ôl am y tir. Wrth iddynt ddod o fewn cyrraedd i ddiogelwch ceg y lagŵn, dyma un o'r rhai olaf yn gweiddi, a throdd rhai ohonynt yn ôl i weld yr asgell enfawr yn sleisio drwy'r tonnau, ac yna'r geg anhygoel yn llyncu un dyn ar amrantiad, cyn troi mewn cylch a thynnu corff yr ail un o dan y dŵr. Berwai'r dŵr wrth i'r anghenfil racsio'r cyrff. Gweddïai'r dynion fod yr aberth wedi bod yn ddigonol, nid yn unig i ddelio 'da'r dynion gwyn unwaith ac am byth, ond er mwyn cadw'r siarc-dduw yn y dŵr dwfn, fel na fyddai'n nesáu at y lan i chwilio am bryd o fwyd.

Ond yn y pellter, roedd llong yn smotyn ar y gorwel. Y *Bulstrode*, un o longau llynges newydd y Pacific Islands Company. Dyma oedd y siarc mawr mewn gwirionedd, yr un fyddai'n bwyta'r ynys fel llygoden fawr yn tyllu drwy gaws. Hwn oedd bwystfil y dyfodol, ac roedd e ar ei ffordd, yn hwylio'n dawel, ond ar gwrs un ffordd. I fwyngloddio, ac fel mae pawb yn gwybod, mae'n rhaid difwyno er mwyn gwneud hynny.

Ond …

Dan wyneb y tonnau llacharlas, trodd y môr-dduw, Ki-ka-nu,

y siarc anhygoel, enfawr, newynog, yn anniddig mewn cylchoedd, yn chwennych mwy o'r cig melys 'na, y cnawd â braster ac adflas, fel adlais, o bethau fel garlleg a sbeis a gloddesta diwyd ac yfed gwin a sugno granwin, blas porc ac afalau, a chigoedd o bob math – *chorizo*, *pâté* d'Auvergne, stecen amrwd, wyau wrth y dwsin, a jelis gogoneddus. Cymhleth oedd blas y dynion estron yma, cymhleth a llawn diléit oherwydd sawr y gwaed cyfoethog, ond, ar ddiwedd y dydd, y braster oedd y peth gorau, yn gorchuddio'r cig a'i lapio'n wyn ac yn dynn ac yn ddigon i ddod â dŵr i'r dannedd, hyd yn oed i siarc oedd wastad â'i gyllell-ddannedd yn y dŵr. Trodd Ki-ka-nu dorpido'i gorff enfawr tuag at y cwch bychan oedd yn cludo morwyr o'r fam-long i'r lan, gan chwipio'i gynffon er mwyn symud yn gyflymach.

Byddai, mi fyddai'r dynion gwyn yn cael eu ffosffad yn y pen draw ar gyfer eu diwydiannau a'u hamaethyddiaeth trachwantus a'u cyfalafiaeth, ond ddim cyn i'r môr-dduw, Ki-ka-nu, lenwi ei fol, a'r bol hwnnw'n hollol ddiwaelod, fel y bwystfil du sy'n cuddio yn rhywle yn ddwfn ac yn gyfrin ym mhob chwedl o unrhyw werth.

Y FAMPIR OLAF YNG NGHLYDACH

Mae Anna wedi bod yn paratoi ar gyfer heno, y noson y bydd hi'n temtio Henry i aros dros nos, achos mae'n hen bryd i'w perthynas symud i'r lefel nesa. Nid yw'n hollol siŵr sut bydd e'n ymateb, ond ar ôl iddi wisgo'i silc a'i sanau, a'r dillad slinci, les o Victoria's Secret – popeth yn matsio, popeth yn *powder blue* – mae hi'n teimlo bod unrhyw beth yn bosib.

Ar un ystyr, dim ond cusan hir mae Anna ei heisiau, cusan i neud iddi grynu'n isel o'i chorun i'w sawdl – a'r teimlad lyfli 'na chi'n ei gael pan y'ch chi'n sylweddoli bydd angen gosod dau le wrth y bwrdd brecwast, ac y bydd dyn diarth yn cerdded ar hyd lle unrhyw funud yn gwisgo'r tywel mawr gwyn 'na, yr un gorau, yr un ar gyfer fisityrs. Ond mae 'na bethau od ynghylch Henry, Henry Dawkins, ac mae hi'n gorfod gweithio'n galed i'w diystyru nhw, er mwyn cadw'r fflam ynghynn. Fel y ffordd mae e wastad yn gofyn am stecen i ginio, ac yn ei bwyta'n hollol amrwd. Neu'r saim ar ei wallt sy'n neud iddo edrych fel petai'n defnyddio lard i roi rhaniad plentyn ysgol iddo.

Ond mae hi eisiau rhywbeth arall 'fyd, ac mae'n gwrido braidd wrth feddwl am y peth. Mae hi eisiau pwysau dyn rhwng ei chluniau, a rhythmau dyn yn mynnu, mynnu mynd yn ddyfnach a hawlio pob modfedd ohoni; o, ydy, mae hi eisiau'r rheini yn ogystal â'r arogl hallt, chwyslyd 'na chi'n ei gael ar ôl caru. Fel gwynt broc môr ar ddiwrnod o Awst. Ar ôl caru'n wyllt. Ar ôl colli'ch hun yn llwyr. Ar ôl caru â'r fath nerth ac egni a rhyddid fel bo' chi bron yn methu cofio'ch enw'ch hunan. O, pan mae'n fflicio'i dafod dros y'ch tethi! 'Na pryd mae hi'n colli ei hunan yn gyfan-blydi-gwbl. 'Na pryd mae'n medru gadael ei chorff mewn pleser.

Yn y lle bwyta mae Henry'n siarad fel pwll y môr, fel 'se fe'n nerfus, yn synhwyro efallai fod 'na rywbeth yn yr aer. Mae Anna'n dwlu ar y ffordd hyderus mae'n archebu'r gwin – gwin coch wastad, Bull's Blood o Hwngari gan amla – ac yn dweud pethau bach gwybodus ynglŷn â pherchnogion y winllan neu'n cynnig geiriau i'w defnyddio wrth flasu: 'lledr', 'tybaco', 'mwyar duon' ac 'aeron sur'. Un tro, awgrymodd ei fod wedi blasu'r gwin cyntaf ddaeth o ryw winllan, ond byddai hynny'n amhosib, oherwydd roedd yn dweud ar y label bod y teulu wedi bod yn cynhyrchu gwin ers 1893. Oedd, roedd 'na bethau od ynghylch Henry.

Nid yw hi erioed wedi gweld ble mae Henry'n byw; ac a dweud y gwir, dyw hi ddim yn cofio iddo sôn ble yn union *mae* e'n byw. Dyw hi ddim yn siŵr beth mae'n ei wneud o ran gwaith, chwaith, ond bod ganddi gof ei fod yn gweitho'r shifft nos ac yn dweud ei fod e'n caru'r nos fel y mae e'n casáu'r dydd, sy'n ffordd eithaf pwerus o fynegi barn. Ac yn od, hefyd. Ambell waith, wrth iddi ofyn cwestiynau, mae golwg sinistr ar ei wyneb, rhywbeth cyfrin, braidd yn hyll, yn cwato'n ddwfn yng nghrombil ei lygaid, fel petai e'n cuddio rhyw gyfrinach arswydus, megis llofruddiaeth.

Petai hi'n ymweld â chartref Henry, byddai'n rhaid iddi fynd ar daith nid ansylweddol, er ei fod yn byw yn lleol, neu'n gymharol leol. Mynd cyn belled â Chlydach ac wedyn dilyn yr hewl fach sy'n mynd â chi wrth ymyl Mynydd Gelliwastad, heibio i ffermydd Pant Iasau, Dorglwyd, Fagwyr a Chefn-betingau, cyn cyrraedd Rhyd-y-gwin, dilyn y troad siarp yn yr hewl, bron nes ei bod hi'n wynebu tua 'nôl, a mynd tua Llety Morfil. Byddai Anna'n gweld y tŷ, Tŷ Maes Carlwm, wrth i'r car fynd tua'r rhyd ei hunan – casgliad o dyrrau Gothig yn codi o adeilad nad oedd ei bensaernïaeth yn gweddu nac yn perthyn i'r ardal o gwbl, fel tase fe wedi ei drawsblannu yma o lannau afon Rhein, neu rywle'n ddwfn yng nghanoldir Ewrop, yn Rwmania neu Awstria efallai.

Byddai'r llenni melfed trwchus, du ar gau drwy gydol y dydd bob dydd, a'r drysau mawr derw'n awgrymu eu bod yno i gadw pobl mas yn hytrach na chroesawu pobl i mewn, a stydiau mawr haearn ynddynt, ac un twll mawr ar gyfer allwedd sylweddol iawn, nid y math o beth y buasech yn ei wisgo ar gadwyn o gwmpas eich gwddf.

Reit ym mhen ucha'r tŷ roedd stafell gysgu Henry – nid ystafell wely oherwydd byddai angen gwely yn honna – a dyma lle byddai'n cysgu yn ystod y dydd, yn hongian oddi ar un o'r trawstiau hynafol, a chlogyn mawr du wedi ei lapio'n dynn o'i gwmpas, nes ei fod yn edrych fel lindysyn mewn cocŵn o sidan du. Hynny yw, os nad oeddech yn medru mynd yn agos at yr Henry hongiedig – a doedd yr un dyn byw yn cael cyfle i wneud hynny – a gweld nad clogyn oedd e, ond yn hytrach pâr o adenydd yn union fel rhai ystlum wedi eu tynnu'n dynn fel rwber ar draws ei ysgwyddau ac o gwmpas ei frest. Byddai'n anadlu'n ysgafn iawn, er mwyn arbed egni, fel anifail sy'n gaeafgysgu. Gwyddai ei fod yn draddodiadol i greaduriaid tebyg iddo fe gysgu mewn bedd, neu mewn arch drom, solet, o leia, ond roedd yn hoffi hongian oddi wrth y trawstiau, yn breuddwydio am yddfau gwynion perffaith morynion yn Nhransylfania. Teimlai fod hongian fel hyn yn llesol i gyhyrau ei adenydd, ei fod yn eu cryfhau nhw, yn enwedig gan eu bod nhw wedi dechrau blino a chwyno braidd ar ôl hedfan o gwmpas am chwe chan mlynedd.

Dros y blynyddoedd hir, unig, breuddwydiol, roedd sawl person wedi ceisio torri i mewn i Dŷ Maes Carlwm – rhai jest i weld beth oedd yno, eraill i leddfu eu hofnau ac ambell un, yn fwy pwrpasol, er mwyn llosgi'r lle i'r llawr.

Unwaith, cerddodd dirprwyaeth o ddynion ifanc o Gapel Pisgah, ar orchymyn y gweinidog, y Parchedig Bereiah Evans, i chwalu'r tŷ i'r llawr, oherwydd ei fod yn gwybod taw Tŷ Maes Carlwm oedd cartref meidrol Satan ei hun ar y ddaear hon.

Ar ei orchymyn, cerddodd rhyw ugain ohonynt ar hyd y lôn garegog, a'u llusernau'n llosgi'n ddewr yn eu dwylo cadarn. Ond nid oedd yr un ohonynt, gan gynnwys y rhai oedd wedi arfogi eu hunain â phicffyrch, wedi meddwl y byddai drysau'r tŷ'n agored led y pen, a chriw dieflig o fleiddiaid a llygaid lemwn llachar yn arllwys mas, yn rhedeg yn syth at y dynion, a'u gwasgaru i bob cyfeiriad. Ac yn y bore, pan aeth Septimws Huws, arweinydd y giang o ddynion, i weld y gweinidog, gorweddai'r hen ŵr yn farw gelain yn ei gadair ddarllen, ac roedd yn wynnach nag y byddai rhywun yn disgwyl i rywun marw edrych, hyd yn oed, a'i wynepryd yr un lliw â blawd ffres, a thyllau bach rhyfedd yn ei wddf, oedd yn cadarnhau un o ddamcaniaethau Septimws. Fampir oedd yn byw yno, nid y diafol. Esboniodd hyn wrth unrhyw un oedd â chlustiau i wrando.

O'r diwrnod hwnnw ymlaen, gwnaeth y pentrefwyr bopeth y gallent ei wneud i ddisodli'r diafol yn eu plith, i gael gwared o'r fampir oedd yn byw yn Nhŷ Maes Carlwm, neu'n cysgu yn un o fynwentydd y fro (gan nad oedd neb yn siŵr ble treuliai'r fampir y dydd). Tyfid garlleg gan bawb, wrth gwrs, yng ngardd pob tyddyn a bwthyn a ffermdy. Tywyswyd ceffyl drwy bob mynwent oherwydd y gred na allai ceffyl gerdded dros fedd fampir, a bu sawl trafodaeth frwd ynglŷn â chodi pob corff o bob mynwent er mwyn cael hyd i gorff oedd yn wahanol i bob un arall, ond roedd y capeli yn erbyn y fath waith ymchwil anghysegredig. Gan wybod bod cŵn yn sensitif iawn i bresenoldeb fampir, hyfforddwyd nifer o gŵn defaid i ymateb i unrhyw symudiadau annisgwyl dan gysgod y nos. A thrafodwyd sut y byddent yn lladd y fampir, unwaith yr oeddent wedi dod o hyd iddo, a phawb o blaid bwrw stanc drwy ei galon, a Septimws wedi naddu un cadarn o ddarn o bren derw yn barod ar gyfer y diwrnod tyngedfennol hwnnw. Ond ni wawriodd y dydd hwnnw byth, a dyna pam roedd Henry'n eistedd gydag Anna'n disgwyl i'r cwrs cyntaf gyrraedd. Hen bethau pitw oedd y pentrefwyr yn ei farn ef, hen bethau pitw oedd yn gorfod marw, doed a ddelo. Yn wahanol iddo ef, fyddai'n byw am byth, ac yn newynog am ganrifoedd.

Ar ôl cwrs o galamari tyner i Anna a *carpaccio* cig eidion iddo yntau, maen nhw'n cael rhyw fath o stiw porc a chregyn bylchog, a'r cig wedi ei goginio'n hir iawn ac yn toddi fel menyn ar y tafod. Erbyn hyn, mae hi wedi cael digon o win i deimlo'n tipsi, a thrwy hynny deimlo'n ddewr, neu o leia'n hyderus. Felly mae'n diosg un o'i sgidiau ac yn symud ei throed i fyny coes Henry. Does dim sioc ar ei wyneb, ond prin mae wyneb Henry'n newid o un funud i'r nesaf ta p'un. Mae ei groen yn edrych fel cwyr, a'i wyneb yn ymdebygu i fwgwd o ryw gyfansoddwr ar ôl iddo farw, *death mask* go iawn, fel Syr Edward Elgar, ontife? Mae'n rhaid ei bod hi'n despret am ddyn, meddyliai Anna ambell dro. Dro arall, mae'n dwlu ar y gyfrinachedd, y teimlad fod pethau cyfrin, mawr am y dyn yma sy'n llechwra yn y cysgodion.

Mae yntau'n gwenu – er nad yw'r llygaid dihafal yn gwenu – ac yn plygu i ddiosg un o'i sgidiau yntau, ac yn ystod y *tiramisù*, mae eu traed yn chwarae'n braf â'i gilydd. Ac wrth i fwy o win effeithio ar y ddau – ond ar Anna yn arbennig – mae'r traed yn mentro'n uwch ac yn uwch i fyny'r coesau nes eu bod yn troelli fel nadredd rhwng eu cluniau. Wrth i Anna fentro'n bellach, a'i throed yn chwarae yn ei arffed, mae Henry'n ei chael hi'n anodd canolbwyntio ar y *tiramisù* (nid ei fod e byth yn bwyta pwdin, dim ond yn chwarae gydag e) ac mae'n awgrymu, a'i wynt yn ei ddwrn, ei bod hi'n amser talu'r bil, on'd yw hi?

Yn y tacsi, mae'r ddau'n cusanu fel tase pob cusan yn gusan olaf. Mae eu gwefusau, yn wir eu hwynebau, yn glynu at ei gilydd, ac mae'n anodd gweld sut maen nhw'n tynnu anal. Mae Henry'n eithaf powld erbyn hyn, ac yn ceisio chwarae â'i bronnau, ond mae Anna'n rhy ymwybodol o lygaid y gyrrwr yn y drych bach i adael iddo wneud hynny, er ei bod ar dân eisiau teimlo'i fysedd yn crwydro ble bynnag y mynnant, ac yn teimlo rhannau o'i chorff yn llenwi â gwaed a chwant a pharodrwydd. Yn fwy na dim, mae'n ymwybodol o'i blodyn mwyaf cudd yn blodeuo, yn agor allan, bron yn ffrwytho oddi mewn iddi.

Mae'n bwrw glaw wrth iddyn nhw gyrraedd y fflat, ond prin fod yr un ohonynt yn ymwybodol o'r diferion bach. Wedi cau'r drws, mae Anna'n cynnig drinc iddo, jest i fod yn boléit, ond cyn clywed yr ateb mae hi'n tynnu ei got fawr, ledr, drom a'i siaced felfed ddu wrth ei gusanu'n ddwfn. Mae e'n ei chusanu hi'n galed ar ei gwddf ac mae Anna'n poeni y bydd cleisiau'r cywilydd yno yn y bore.

Ond dyw hi ddim eisiau colli'r foment pan mae e'n gweld y dillad isaf mae hi wedi'u prynu. Iddo fe. Dyw hi ddim eisiau i bopeth ddigwydd yn rhy gyflym chwaith, yn enwedig oherwydd ei bod hi wedi bod yn breuddwydio am hyn, yn chwennych hyn, yn dymuno hyn, bob nos am wythnosau.

'Gorwedda di fan 'na, Henry, a gwna dy hunan yn gartrefol. Fydda i ddim yn hir, rwy'n addo.'

Yn y stafell ymolchi, mae'n gweld bod ei llygaid 'chydig bach yn goch oherwydd y Shiraz (o Margaret River, fe gofiai) ond mae'r lipstic mae'n ei dodi ar ei gwefusau'n dipyn cochach, fel claret, yn wir. Mae'n diosg ei siaced ac yn agor ei chrys sidan gwyn nes ei bod yn dangos ymraniad ei bronnau, a 'chydig bach o'r bra *powder blue*, sy'n edrych yn secsi iawn, ac mae hyn yn gwneud iddi hi deimlo hyd yn oed yn fwy secsi drwyddi.

Erbyn iddi ddod 'nôl i mewn i'r stafell, mae Henry yn y gwely a'r dwfe wedi ei dynnu lan at ei wddf. Mae'n edrych fel rhywun sydd wedi ei baratoi ar gyfer ei gladdu, rhwng y croen gwyn a'r gwallt seimllyd sy'n gorwedd yn fflat ar ei ben.

Mae hi'n ei ddwrdio fe. 'Paid â bod yn swil, Henry. Neu awn ni ddim yn bell iawn. Ac rwy'n credu'n bod ni'n mynd i fynd yn bell ofnadw', smo ti'n cytuno?'

Yna mae'n penlinio drosto ar y gwely, ac i gyfeiliant cân gan Prince, 'If I was your girlfriend', mae'n ei siglo'i hun yn araf allan o'r crys, sy'n disgyn dros ei hysgwyddau. Mae Henry wedi ei fesmereiddio gan ei bronnau ac mae ei ddwylo'n estyn i'w hanwesu. Neu efallai ei fod wedi ei fesmereiddio gan y gwythiennau yn ei gwddf, sy'n addo maeth a rhyddhad rhywiol iddo. Nid yw wedi bwyta go iawn ers trigain mlynedd, ac roedd cig amrwd y *carpaccio* wedi dod â dŵr i'w ddannedd, ei ddannedd siarp fel nodwyddau. Nid yw wedi gorfod bwyta am amser hir chwaith, yn rhannol oherwydd, 'nôl yn 1848, iddo loddesta ar deulu cyfan Pen-rhiw. Roedd pawb yn meddwl eu bod wedi mynd ar goll ar y mynydd, ond feddyliodd neb ofyn chwaith sut na ddaethpwyd o hyd i'r saith corff wedi i'r eira ddadlaith.

'Ddim 'to, Henry. Ddim cweit 'to.'

Ac mae Anna'n anwesu ei bronnau ei hun, yn teimlo'u llawnder a'u siâp, yn chwarae 'da nhw, yn eu mowldio nhw fel toes ac yn tynnu'r tethi nes eu bod yn galed; mae Anna'n rhyfeddu ei bod mor ewn, mor, wel, mor bowld 'da'r dyn yma mae hi wedi ei weld dim ond mewn llefydd bwyta a thafarndai tan nawr.

Yna mae'n tynnu ei wyneb tuag ati, ac mae yntau'n dechrau boddi yn ei chnawd. Cyn hir nid oes 'na Anna yn bod. Na Henry chwaith. Dim ond cyrff yn uno i gyfeiliant trac sain o anadlu dwfn – a gorfoledd o bleser – a chalonnau'n carlamu fel rhedeg ras – ac undod – a dillad wedi eu taflu i bobman – a'r cyrff yn chwysu a'r rhythm yn cyflymu – a phan mae Prince yn cwpla canu, mae 'na fiwsig arall i lenwi'r stafell wely.

Miwsig sy'n arwain hyd at y man uchaf posib, yr uchelfan sy'n uwch nag unrhyw fynydd – lle mae'r byd ei hun yn ffrwydro, a'r sêr yn tasgu i lawr mewn cawod o oleuni. Yna, o'r diwedd, mae Anna'n dychwelyd o ta ble mae hi wedi bod ar ei hynt, ar ei hantur, ei choesau'n crynu, ei hanal yn gwrthod setlo i lawr. Ddim nes roedd y cryndod wedi mynd. A bydd hynna'n cymryd sbel. O, bydd.

Gyda chusan, mae Henry'n awgrymu ei fod am gysgu nawr, ac mae Anna'n troi oddi wrtho er mwyn gosod y cloc larwm, gan ei bod hi'n gorfod gweithio'n gynnar yn y bore. Wrth iddi fynd i gysgu, mae'n teimlo rhywbeth yn gwasgu ar ei hysgwyddau, ac yn cofio bod Henry yn y gwely gyda hi, ei chariad rhyfedd – ei chariad rhyfedd iawn – oedd wedi caru gyda hi ac eto heb garu gyda hi. Teimlai fod ei feddwl yn bell iawn, heb sylweddoli ei fod yn meddwl am flas merch ifanc yn Oldenburg, 'nôl yng nghyfnod Martin Luther.

Erbyn y bore, mae Henry wedi cael gwd ffîd ac wedi dychwelyd yn ddiogel i Dŷ Maes Carlwm. Ymhen tridiau, mae'r heddlu'n torri i mewn i fflat Anna ar ôl i un o'i chyd-weithwyr gysylltu â nhw i rannu ei phryderon gan nad oes neb wedi ei gweld ers cyhyd. A phan mae'r patholegydd, Dr Austin Smith, yn archwilio'r corff, mae'n ysgwyd ei ben wrth nodi'r ddau dwll bach twt a thaclus yng ngwddf y fenyw ifanc, hardd. Na, nid yw pethau fel 'na'n bosib, ddim mewn oes fodern, wyddonol. Fampir? Peidwch â bod mor ddwl. Ddim y dyddie hyn, o, na, meddyliodd yr hen foi, gan grafu ei ben yn galed, ac yn sicr ddim yng Nghlydach. Na, ddim yng Nghlydach. Byth bythoedd.

GWLAD BEIRDD

Rhaid oedd derbyn bod Huwcyn Smith – Huwcs y Bwcs i'w ffrindiau – yn ddarllenydd obsesiynol. Obsesiynol. Obsesiynol. Obsesiynol. Roedd ganddo gasgliad o ddeunaw pâr o sbectols darllen, heb sôn am y llyfrau – miloedd ar filoedd ohonynt, yn llenwi pob twll a chornel yn ei *maisonette*: pentyrrau ohonynt yn ymestyn reit lan i'r nenfwd mewn rhai llefydd, a phob cyfrol wedi ei gosod yn deidi yn nhrefn yr wyddor, hyd yn oed y rhai a godai'n bentyrrau uchel ym mhob stafell, o'r stafell gefn lawr llawr i'r ail stafell wely, lle doedd dim lle i swingo na chath na gerbil.

Ac nid darllen dim ond unrhyw hen beth chwaith. Byddai Huwcs yn darllen barddoniaeth o fore gwyn tan nos: awdlau pob Eisteddfod ers y dechrau, gan gadw nifer o'r englynion milwr ar gof, a llyncu *haiku* gan feistri fel Bashu, Buson a Shiki, pwslo dros stwff ôl-fodern, a chwympo mewn cariad â cherddi modern 'fyd. Aeth drwy holl weithiau'r rhamantwyr fesul un, a phori drwy gyfrolau tenau Cymraeg gan Karen Owen a Menna Elfyn, ac mewn cyfrolau Saesneg gan bobl megis John Burnside a Pascale Petit, ac ambell gyfrol yn Sbaeneg hefyd. Petai Huwcs yn gwybod sut i ddarllen yn ei gwsg fel y mae rhai pobl yn cerdded yn eu cwsg, byddai wedi gwneud hynny. A rhaid derbyn, hefyd, fod yr hyn yr oedd yn ei neud *oherwydd y darllen*, yn sgil y darllen, yn fwy na chadarnhau dyfnderoedd ei obsesiwn.

Fel y tro hwnnw y dechreuodd astudio cerddi Waldo Williams. Doedd darllen nhw unwaith ddim yn ddigon, o bell ffordd. Darllenodd Huwcs gerddi Waldo drosodd a throsodd nes ei fod yn gwir adnabod y bardd arbennig hwn oedd â nodweddion sant, yn ôl rhai pobl. Daeth Huwcs i ddeall pam nad oedd Waldo'n casáu unrhyw un, a sut, felly, ei bod yn naturiol hollol iddo fod yn heddychwr, y dyn hynod hwn oedd yn medru mynegi cymhlethdodau tawelwch. Dim rhyfedd iddo ymuno â'r Crynwyr, fel y gwnaeth Huwcs yntau, oherwydd ei fod yn obsesiynol.

Darllenai Huwcs y cerddi anfarwol, ysgytiol yn *Dail Pren* drosodd a throsodd a throsodd, gan gael ei hudo gan y persbectifau hir a'r syniadau dadlennol am y cyfnod cyn hanes. Rhyfeddai Huwcs hefyd at ehangder y dychymyg byw, Waldoaidd, oedd yn medru cwmpasu'r bydysawd, ymestyn y byd mewn geiriau nes ei fod yn cyrraedd erchwyn y goleuni, wrth iddo astudio sêr y nen yn eu gogoniant. Darllenai, bodiai ac ailddarllenai nes bod cloriau a rhwymiadau'r llyfr hwnnw'n cwmpo'n rhacs ac yntau'n gorfod eu glynu nhw at ei gilydd gyda stribedi hir o dâp Sello.

Treuliodd Huwcs dridiau cyfan yn synfyfyrio ar ddwyster pedwar deg wyth llinell – rhyfeddai cymaint y gellid ei ddweud mewn cyn lleied â phedwar deg wyth llinell – y gerdd 'Rhwng Dau Gae'. Safai Huwcs rhwng y coed a'r ffynhonnau, yn mesur a gwerthuso, yng nghwmni dihafal Waldo, y berthynas rhwng dyn a natur.

Ymsuddodd Huwcs mor ddwfn i'r geiriau ac i feddylfryd y bardd nes ei fod wedi ei ysbrydoli'n llwyr gan gallwib y cornicyllod, a'r perci'n llawn blodau a philipalod, a theimlodd dwf ysbrydol ynddo fe'i hunan oherwydd astruselfennau'r myfyrdod sy'n dod o sefyll rhwng dau gae. Ond aeth ymhellach. Aeth Huwcs i fyw mewn pabell ar erchwyn cors jest tua allan i Faenclochog, lle byddai'n darllen y cerddi'n uchel i unrhyw ddryw bach neu robin goch a fyddai'n sefyll yn ddewr ar frigyn yn ddigon hir i wrando arno.

Yno, yng nghynefin y gigfran, ac mewn man oedd yn agored i'r elfennau fel hwn, lle deuai ambell chwipwynt tymhestlog i sgubo llwyni'r mieri o'r tir, byddai Huwcs yn darllen y cerddi yn ystod y dydd – mewn man cysgodol ar lethr mynydd, os na ddeuai glaw – a gyda'r nos, wrth olau lamp paraffîn yn ei babell fechan.

Daeth y dydd pan oedd Huwcs wedi dysgu pob gair gan Waldo – ie, pob gair, heb eithriad – ac yn teimlo'i fod nawr yn gwirioneddol ddeall y dyn, felly trodd ei gefn ar furiau mebyd y bardd, ar Foel Drigarn, Carn Gyfrwy a Thal Mynydd, datgysylltu polion ei babell a mynd sha thre.

Byddai'r rhan fwya o bobl wedi cael hoe ar ôl ymsuddo fel brithyll i waelod llif afon geiriol Waldo am gyhyd, ond nid oedd Huwcs fel pobl eraill. Tra oedd e'n newid bws yng Nghaerfyrddin, pigodd draw i Picton Books a phrynu copi o farddoniaeth W. H. Auden, ac ar y bysys 'nôl i'r Allt-wen, darllenodd y gwaith daearegol, soled, trwm, yn eiddgar, yn gyfan gwbl wrth ei fodd â'r ffordd roedd y bardd yn naddu geiriau gosgeiddig o graig y meddwl. Bu Huwcs wrthi am bum mis cyn torri drwodd i wir ystyr y cerddi yna.

Yn y cyfnod hwnnw o ddarllen penderfynol, dygn a di-stop, prin y gadawodd y tŷ. Byddai'n mynd i gasglu'r dôl ar ddydd Mawrth, ac yna'n siopa am fwyd ar-lein. Yn y prynhawn, byddai'r fan wen o Asda'n cyrraedd, a byddai'r gyrrwr – oedd yn fardd llawr gwlad ei hun – yn aros am ddeng munud ambell waith i drafod barddoniaeth, yfed te a bwyta Fig Rolls.

Gwyddai Huwcs ei fod hanner ffordd i wallgofrwydd oherwydd yr holl ddarllen. Yn nyddiau cynnar yr obsesiwn, byddai'n dadlau ei fod yn astudio gwaith y beirdd – y crefftwyr geiriau godidog yma – er mwyn dysgu sut i lunio'i gerddi ef ei hunan yn well, ond gan nad oedd e byth yn cynhyrchu cymaint â chwpled, aeth yr esgus hwnnw braidd yn denau.

Ond yn y pen draw, nid Waldo, na Wystan Hugh Auden wnaeth Huws yn sâl – yn sâl ei feddwl, hynny yw – ond, yn hytrach, Basil Bunting. Basil pwy, chi'n gofyn?

Dechreuodd Huwcs ddarllen posau barddol Bunting un

prynhawn glawog, ac yntau'n eistedd ar ei fainc arferol yn y Llyfrgell Ganolog. Nid oedd yn cofio darllen unrhyw beth gan Bunting o'r blaen; a dweud y gwir, yr enw oedd y prif apêl, gan ei fod yn swnio'n fwy Seisnigaidd nag unrhyw fardd arall ac yn gwrthgyferbynnu'n berffaith â Waldo, bron yn antidôt iddo. Basil! Bunting! Dychmygodd faneri bach o liwiau Jac yr Undeb yn chwifio uwchben *fête* mewn rhyw bentref ag enw hyfryd, megis Pearbury, Bagpath neu Lower Larkhill. Dechreuodd Huwcs ddarllen Bunting o fore gwyn tan nos; bron na allai stopio gwneud.

Un prynhawn, sylweddolodd Martyn Lewis, ffrind gorau Huwcs, fod yr obsesiwn diweddara'n wahanol i'r lleill. Roedd y ddau ohonynt yn trafod pa athro ysgol oedd wedi cael y dylanwad mwyaf arnynt. Dechreuodd Huwcs sôn am ddwy ysgol, sef Ackworth yn swydd Efrog a Leighton Park yn Berkshire, a hefyd dechreuodd fwydro am ei gyfnodau yn y carchar yn Wormwood Scrubs a Winchester. Ac wrth i Huwcs baratoi paned arall yn y gegin, dyma Martyn yn codi copi o *The Collected Works of Basil Bunting* a gweld bod y bardd wedi bod mewn dwy ysgol a dau garchar yn ystod ei fywyd cynnar. Sylweddolodd fod ei ffrind yn dechrau colli gafael, colli grip, ar y byd a'i bethau.

Pan ddaeth Huwcs 'nôl gyda'r tebotaid o Lapsang Souchong a mwy o Fig Rolls (roedd pob ymwelydd yn eu cael nhw, hyd at syrffed), dyma Martyn yn penderfynu holi'n ymhellach.

'Wyt ti erioed wedi bod ym Mharis, Huwcs?'

'Bod 'na? Achan, fi wedi byw 'na. Fues i'n byw ym Mharis am sbel, ac yn Ffrainc am yn hirach. Ddes i nabod Ezra Pound yno, ti'n gwbod, a Louis Zukofsky.'

'Pwy?'

'Americanwr, o deulu Iddewig. Boi od, rhaid cyfaddef.'

Nid oedd Martyn yn siŵr beth i'w wneud na'i ddweud. Roedd yn eistedd yn stafell gyfforddus Huwcs yn bwyta Fig Rolls ac yn gwrando ar ei ffrind yn trafod hanes ei fywyd fel taw fe *oedd*

Basil Bunting, yn hytrach na Huwcyn Smith, yn wreiddiol o Bontsticyll. Ffantasi oedd hyn? Rhyw fath o *psychosis*? Gwyddai Martyn petai e'n dweud wrth yr awdurdodau y byddai rhywbeth gwael yn digwydd, i'r graddau y gallai ei ffrind gael ei gloi mewn stafell â walydd rwber, er ei les ei hun, neu er lles cymdeithas.

'Pwy wyt ti?' gofynnodd Martyn yn ofalus, yn dyner bron.

'Wel, bardd, wrth gwrs.'

'Beth yw dy enw di, felly?'

'Am gwestiwn od. Basil. Basil Cheesman Bunting. Ond roeddet ti'n gwybod hynny. Ry'n ni wedi bod yn ffrindiau'n ddigon hir. Bron mor hir ag o'n i'n nabod Ezra …'

Yfodd Martyn ei de'n dawel. Teimlai helbul oddi mewn iddo, llu o gwestiynau'n nadreddu yno'n niwrotig ac yn wyllt. Beth oedd wedi digwydd i'w ffrind? Oedd e wedi mynd yn wallgo? Pam Basil ac nid Wystan neu Waldo? Beth ar y ddaear oedd e'n mynd i'w neud nawr? Nid oedd y fath ymddygiad yn normal. Basil! Basil Bunting! I ble roedd ymwybyddiaeth Huwcs ohono'i hun fel Huwcs wedi mynd?

Fore trannoeth, aeth Martyn i'r Llyfrgell Ganolog a chael hyd i gopi o weithiau Basil Bunting, yn benderfynol o ganfod ateb, rhyw fath o ateb. Aeth â'r gyfrol swmpus i'w hoff gangen o Coffee #1 ac archebu cwpaned mawr o goffi ffiltyr tywyll o Gwatemala cyn setlo i lawr mewn cadair ledr gyfforddus a dechrau bodio drwy'r gyfrol.

Ar un olwg, nid oedd y cerddi'n edrych fel y math o beth fyddai'n apelio fawr ato, gyda thipyn o arbrofi a gemau-creu-synau. Roedd y teitlau'n unig yn ddigon i achosi penbleth, pethau megis 'Gin the Goodwife Stint', neu gerdd o'r enw 'At Briggflatts Meetinghouse', oedd yn dechrau â phenbleth o linell, sef 'Boasts time mocks cumber Rome. Wren / set up his own monument.' Beth ddiawl oedd y dryw 'ma'n ei wneud? A pha bryd oedd yr amser 'ma oedd yn rhwysgfawr ac yn wawdiol? Y noson honno, ni fedrai Martyn gysgu am gymaint â nanoeiliad oherwydd bod llinellau fel y rhain yn mynd rownd a rownd yn ei ben, fel peiriant golchi wedi'i lenwi â geiriau cymysg yn lle dillad brwnt. Rownd a rownd a rownd a rownd. Swisssh! Swisssh! Ambell waith teimlai taw fe, Martyn, oedd y bardd, fe *oedd* Basil, gan sylweddoli ei fod wedi troi'n Huwcs, oedd, yn ei dro wedi troi'n Basil, oedd yn nyts o beth! Hollol nyts!

Roedd y geiriau Buntingaidd yn dal i fynd rownd yn ei ben bore trannoeth a hyd yn oed drennydd, wrth iddo geisio dyfalu ystyr, a hyd yn oed ystyr cudd, geiriau'r hen Basil. Nid oedd hyd yn oed y sgiliau yr arferai eu defnyddio i wneud croesair y *Times* o unrhyw iws o gwbl wrth iddo geisio dyfalu ystyr y geiriau yma a nadreddai'n ddi-stop drwy ei ben. Teimlai ei fod yn ceisio dehongli a chyfansoddi'r geiriau yn union yr un pryd, fel nad oedd gofod rhwng yr awdur a'r darllenydd o gwbl. Ar ôl methu cysgu am y bedwaredd noson o'r bron, penderfynodd ffonio Huwcs, gan dybio, os oedd yna unrhyw un yn y byd allai ei helpu, wel, Huwcs oedd hwnnw, er bod Huwcs bellach yn gyfan gwbl boncyrs oherwydd barddoniaeth. Gobeithiai na fyddai'r alwad ffôn yn hala Huwcs reit dros ymyl y dibyn, dros y brinc yn llwyr, ond rhaid oedd iddo gael hyd i atebion.

'Well i ti fynd i weld doctor yn syth, gw'boi,' oedd ymateb cyntaf Huwcs, oedd yn swnio'n hollol synhwyrol, ddim yn wallgo o gwbl.

'Pam?' gofynnodd Martyn.

'Achos rwyt ti wedi cael dos go iawn.'

'Dos?'

'Ie, dos. Nid ymddiddori mewn barddoniaeth y'n ni'n neud, na'i hastudio hi. Ry'n ni'n mynd ar goll ynddi. Ti'n gwbod sut mae hi wedi cael gaf'el yno i ers blynyddoedd? Wel, mae'n swnio fel 'se hi wedi cael ei chrafangau miwn i ti 'fyd. Mae fel salwch.'

'Salwch?'

'Salwch. Fel alcoholiaeth, neu methu stopid gamblo. Ie, salwch. Ond ma' na stwff ti'n medru'i gymryd – Proxyalynine.'

'Proxyalynine?'

'Tabledi.'

'I stopid fi i feddwl am farddoniaeth Basil Bunting?'

'I stopid i ti feddwl o gwbl. Ma'n nhw'n cael gwared ar beth ma'n nhw'n 'i alw'n "higher thought registers".'

'Ti 'di cymryd nhw?'

''Wy arnyn nhw nawr. 'Whech y diwrnod.'

'A?'

''Wy ddim yn medru cofio gair o waith Waldo Williams na Keats nag R. Williams Parry, Syr T. H. Parry-Williams na Seamus Heaney. Dim gair o Cyril Jones na Jim Jones na Gwenallt, na hyd yn oed Twm Morys.'

'Ac o't ti'n dwlu ar Twm Morys. Dy hoff fardd am ache.'

'Wel, nawr 'sgen i ddim hyd yn oed cwpled yn fy mhen. Mae e fel tase rhywun wedi cydio mewn rwber a'u rhwto nhw mas.'

'Oherwydd y Proxy …'

'Proxyalynine. Tria fe. Byddi'n medru cysgu'r nos.'

'Mae e wedi digwydd i ti, felly? Ti'n deall sut mae'n dy feddiannu di?'

'Fel wedes i – salwch.'

Doedd Doctor Ferret – Joshua Richard Ferret – ddim yn gyfarwydd â'r enw i ddechrau, a bu'n rhaid iddo chwilio amdano yn MIMS, y *Monthly Index of Medical Specialties*, beibl fferyllol oedd yn dewach na'r Beibl go iawn. Yna, gwelodd y paragraff oedd yn disgrifio Proxyalynine, a darganfod ei fod yn gymharol newydd ar y farchnad, oedd yn esbonio pam nad oedd e'n adnabod hyd yn oed yr enw, heb sôn am wybod am y cyffur ei hun. Symudodd ei sbectol at flaen ei drwyn er mwyn darllen y print mân, ac roedd 'na erwau o hwnnw, rhwng y *contra-indications* a'r rhybuddion meddygol-gyfreithiol i gyd. Yna sgrifennodd Dr

Ferret sgript am werth pythefnos o dabledi a'i hestyn i ddwylo crynedig Basil, aka Martyn.

Ond nid Martyn a Huwcs oedd yn unig rai oedd wedi eu heintio â'r salwch. O na, dim o bell ffordd! Roedd rhai wedi bod yn cario'r feirws am flynyddoedd, ac yn ei ledaenu mewn llefydd cyfyng megis pabell Barddas ar faes yr Eisteddfod Genedlaethol. Roedd cystadleuaeth Talwrn y Beirdd wedi bod fel peiriant lledaenu'r haint, a'r meuryn, neu'r meurynnod, yr hen un, Gerallt, a'r un ifanc, Ceri Wyn, yn fectorau effeithiol, yn medru trosglwyddo'r feirws yn hawdd wrth iddynt symud o dafarn i neuadd bentref i neuadd les. Yn achos Martyn a Huwcs, roedd y feirws yn effeithio arnynt mewn ffordd wahanol i'r beirdd go iawn – rhywbeth i'w neud ag imiwnedd – ac yn y ddau anffodusyn hyn, roedd wedi arwain at ddryswch meddwl ac insomnia, a neud iddyn nhw golli gafael ar realiti, oedd yn digwydd i feirdd o bryd i'w gilydd, wrth gwrs, ond nad oedd Martyn a Huwcs yn barddoni. Darllenwyr oeddent, nid cynhyrchwyr cerddi. Nhw oedd y cyntaf, ond yn sicr nid yr olaf, o blith pobl gyffredin i arddangos symptomau o'r feirws, gan ddechrau odli ar amrantiad a thrafod y byd yn, wel, yn fwy telynegol. Lledodd y pla, yr odl-bla. Un diwrnod roedd dau ddioddefwr. Y diwrnod nesa, ugain a mwy, ac roedd nifer o'r heintus rai'n ceisio rhigymu ac odli, ac, wrth i'r clefyd setlo yn eu systemau, yn llwyddo i wneud hynny hefyd. Epidemig o odli, felly. Pen-y-bont. Carno. Ewenni. Trefaldwyn. Aberhonddu. Wrecsam.

Wrth i'r clefyd amlygu ei hunan fwyfwy, dechreuodd effeithio ar bob agwedd o gymdeithas a phob rhan o fywyd. Ymddangosodd Garry Owen ar raglen *Newyddion* un noson ac odli pob cyflwyniad i'r gwahanol adroddiadau gan y gohebwyr. Ar y rhaglen *heno*. Beth sydd *ganddo*. Heb fyw *hebddo*. Ac yn y blaen. Ac yn y blaen. A chyn hir, prin fod yr un o'r gohebwyr hwythau'n medru yngan gair heb fod 'na odl yn trotian ar ei ôl fel ebol bach, megis 'Wel, *Garry*, mae pobl wedi hen *laru* ar y Glymblaid', a chyffyrddiadau bach megis defnyddio *cais*, *pleidlais*, *llais* a hyd yn oed y gair *pais* mewn un ateb. Nid oeddent yn gwneud hyn yn fwriadol: roeddent yn ei wneud yn ddiarwybod iddyn nhw eu hunain. Byddai hyn wedi bod yn ddigon i beri pryder ynddo'i hun, ond dechreuodd rhai pobl siarad mewn ffordd lan a lawr, y ffordd hurt 'na ma' pobl yn ei defnyddio wrth siarad â phlentyn, neu wrth gynnig rhyw hen lol i rywun sydd ar goll yn ei ddementia.

I ddechrau, roedd pobl yn meddwl taw rhywbeth pert a diniwed oedd y datblygiad hwn, er taw salwch oedd e, gan ei fod yn adlewyrchu un o hanfodion y Cymry – eu hoffter o fiwsig a geiriau telynegol, eu *dibyniaeth* ar farddoniaeth i glodfori ac addoli a gwerthuso a phrisio, dynwared a deall, ac ambell dro, deall *drwy* ddynwared. Gallai fod o help i dwristiaeth, fel cestyll gormesol Edward I, a chydganu corau meibion a chariad at rygbi.

Ond dechreuodd pethau fynd yn rhemp pan oedd plant yn methu dysgu yn yr ysgol oherwydd bod brawddegau normal, di-odl yn amhosib i'w llunio, a phob math o gyfathrebu'n troi'n gyfres o rigymau, a melodïau iaith yn trechu unrhyw neges o werth, neu o bwys, ac er mor soniarus oedd hyn oll i'r glust, nid oedd cael pawb yn creu cerddi o bob sgrapyn o iaith o les i unrhyw un yn y pen draw.

Y Cymry Cymraeg oedd y rhai cyntaf i ddioddef o'r haint. Cyn hir, roedd y CDC – Centers for Disease Control – yn Atlanta, Georgia, wedi ei hychwanegu at restr heintiau newydd yr unfed ganrif ar hugain, wedi anfon arbenigwyr i'w hastudio, ac wedi rhoi rhif newydd iddi, EN-231. Penderfynodd Prif Weinidog y Deyrnas Unedig, mewn cyfarfod brys o bwyllgor COBRA, y dylid rhwystro'r Cymry rhag teithio dros y ffin, a dodi'r rhai oedd eisoes wedi gadael ardal heintiedig a chyrraedd Lloegr mewn cwarantîn, gan ddilyn cyngor diamwys y Prif Swyddog Meddygol. Oherwydd bod y carchardai i gyd yn llawn, a phob canolfan gadw hefyd, bu'n rhaid gofyn i lywodraeth Ffrainc gadw rhai ohonynt mewn canolfan ffoaduriaid y tu allan i Calais. Cludwyd nhw yno ar drenau Eurostar, a diheintiwyd y trenau'n drylwyr ar ôl pob taith.

Yn fuan wedyn, dechreuodd y Cymry di-Gymraeg siarad mewn odlau, a chynganeddu, neu rywbeth tebyg iddo yn Saesneg, nes bod 'na waharddiadau ar eu symudiadau nhwythau hefyd. Roedd pobl oedd yn dychwelyd i Gymru'n cael eu holi wrth dollbyrth pont Hafren i weld a oedden nhw wedi eu heintio.

'Excuse me, sir, but could you tell me where you're travelling from today?'

'I'm on my way back from Chester.'

'Chester?'

'Better than Leicester ...'

Un odl fach, a byddai'r gyrrwr yn derbyn darn o bapur yn gorchymyn iddo fynd yn syth adref ac ymweld â chanolfan EN-231 i gael chwistrelliad o'r gwrth-feirws. Cawsai hwn ei ddatblygu'n gyflym iawn mewn labordai yn Taiwan, lle mae tipyn o arbenigedd yn y maes oherwydd bod feirysau'n ymaddasu'n sydyn yn Asia, ac yn neidio o un rhywogaeth i un arall yn ddidrafferth reit.

Ond nid oedd pawb am gael eu hiacháu. Mewn byd lle roedd pawb yn mynd yn debycach ac yn debycach i'w gilydd, roedd cael rhywbeth newydd, pert, byw a bywiog yn trawsnewid iaith bob dydd yn codi'r galon ac yn falm i'r enaid, yn ogystal â phwysleisio pwysigrwydd beirdd a barddoniaeth o fewn y diwylliant. Ac yn bwysicach fyth, roedd hyn yn rhywbeth unigryw i Gymru, ac yn rhywbeth i'w ddathlu a'i gofleidio a'i warchod yn gytûn. Felly, er gwaetha'r propaganda a gafwyd gan lywodraeth San Steffan, yn mynnu nad oedd yn bosib byw bywyd cyfoes, cyfathrebol, economegol-effeithiol os oedd pawb yn siarad mewn rhigymau – neu 'yn siarad fel plant bach', fel yr awgrymai un o'r posteri rhybudd a osodwyd ym mhobman – penderfynodd nifer o bobl y byddai'n well ganddyn nhw wynebu'r posibilrwydd o ddirwy sylweddol, a hyd yn oed sbel yn y carchar, yn hytrach na derbyn chwistrelliad fyddai'n lladd y melodïau yn eu hiaith, yn mygu'r hyn oedd yn hudolus am y gystrawen, yn dienyddio'r bwrlwm o fywyd ac asbri ac afiaith a ddaeth yn sgileffaith i'r clefyd heintus.

Mewn tafarndai cefn gwlad a chysgod-lefydd dan reilffyrdd trefi a dinasoedd, mewn eglwysi anghysegredig a chapeli diarffordd, mewn Little Chefs yn hwyr y nos ac mewn mynwentydd ben bore, daeth pobl ynghyd a phenderfynu gwrthod a gwrthsefyll drwy uno'n gadarn. Yn y cyfarfodydd byddai un person yn mynegi barn a rhywun arall yn cytuno, gan ddefnyddio odl, a phawb yn yngan y gair 'Amen' fel diaconiaid yn y Sedd Fawr, yn mynegi eu cymeradwyaeth.

'Rwy'n cytuno 'da chi, Wili George, gant y cant.'

'Safwn gyda'n gilydd, a neb yn rhedeg bant.'

Bu cymaint o wrthwynebiad i'r gwrth-feirws, neu o leia, i'r gorchymyn i bobl ei dderbyn, nes y bu'n rhaid anfon y fyddin i mewn – fel Winston Churchill yn hala'r Lancashire Fusiliers a'r Cafalri i lefydd fel Tonypandy – er mwyn ceisio gorfodi plant ysgol, o leia, i dderbyn brechiad. Dyma'r weithred a argyhoeddodd y bobl lleiaf rhyddfrydol, hyd yn oed, taw digon oedd digon, a rhaid oedd gwrthod, a chadw Cymru'n wlad ac yn iaith ramantus a thelynegol, lle roedd popeth roedd pobl yn ei ddweud wrth ei gilydd yn soniarus i'r glust ac yn felodaidd tu hwnt.

Sefydlwyd mudiad tanddaearol Daw ein Dydd/Cymru Fydd. Dim ond un bwriad oedd gan yr aelodau, sef cadw'r feirws yn fyw. Byddent yn gwneud hyn drwy gyfuniad o sefydlu labordai cyfrin lle tyfid y feirws yn artiffisial ar hylif gwymon mewn dysglau Petri, ac argymell pobl i gyfnewid poer, gwaed, neu hylif corfforol arall. Byddai rhai'n dewis cyfnewid neu chwistrellu gwaed oherwydd symboliaeth y weithred, ac yn adrodd mantra'r mudiad newydd wrth wneud hynny:

'Cymer hwn er mwyn i'n cenedl
Oroesi'n ddewr, drwy unrhyw dymestl.'
A byddai'r sawl oedd yn derbyn y gwaed yn datgan yn glir:
'Parhad!'
A'r rhoddwr yn ateb:
'Dim iachâd!'

Yn ffodus, ni chafwyd unrhyw drais yn dilyn y penderfyniad i sefydlu'r mudiad na'r cynllun cyfnewid gwaed, felly roedd yr Ysgrifennydd Gwladol yn Llundain wedi penderfynu gadael llonydd i bethau am nawr. Roedd ganddo ddigon ar ei blât yn barod, rhwng yr eithafwyr adain dde a phopeth arall, felly halodd y milwyr 'nôl i'w gwersylloedd yn Aldershot a Chatraeth.

A buasai hynny wedi bod yn ddiwedd arni, a Chymru wedi bod yn wlad unigryw ymysg holl wledydd y byd gan fod 'na rywbeth pleserus iawn o ran iaith wedi digwydd oherwydd salwch, a phobl yn ymweld â'r wlad yn unswydd er mwyn clywed odlau a rhythmau'r Gymraeg. Cawsai hyn ei gydnabod yn swyddogol gan UNESCO, a roddodd statws treftadaeth tebyg i un Pyramidau'r Aifft i Gymru. Byddai pob ymwelydd yn gorfod aros mewn cwarantîn ar y ffordd i mewn a'r ffordd allan o'r wlad, ond roedd pobl yn meddwl ei fod yn werth y risg. Fel teithio i Machu Picchu ym Mheriw, gan wybod bod 'na ladron treisgar i'w hosgoi.

Ond, ac mae hwn yn 'ond' mawr, yn 'ond' syfrdanol, dyma pryd mae'r trên yn moelyd oddi ar y cledrau, neu mae fforch yn yr hewl, ac un llwybr yn eich arwain at ddiwedd y byd a'r llall yn eich rhuthro i ebargofiant.

Ymhen chwe mis, dechreuodd y celloedd yng nghyrff pobl newid, trawsnewid, a mynd yn wyllt ac yn ddwl ac yn rhemp. Ac yn eu tro, dyma'r cyrff yn newid …

Dechreuodd y newid yn Ystrad Rhondda. Trodd croen sawl person, neu 'fardd' fel y gelwid hwy bellach, y rhai oedd wedi eu heintio â'r feirws, yn wyrdd dros nos. Roeddent bellach yn wyrdd fel brogaod ond bod ganddynt bothelli tebyg i rai llyffantod. Yn ogystal â newid lliw, deuai gwynt pydru ohonynt, arogl dieflig oedd megis yn tarddu o grombil rhywun, o eithafoedd dyfnion y corff, fel hen, hen ddarn o gaws Gorgonzola neu Camembert, neu'r hylif ofnadwy 'na sydd yng ngwaelodion twba sbwriel sydd wedi bod yn dal hen lysiau am sbel.

Y peth gwaethaf am y 'beirdd' oedd eu llygaid meirwon, fel bylbiau shibwns, neu, mewn achosion gwaeth, fel globiau o jeli tryloyw, yn edrych arnoch chi a ddim yn edrych arnoch chi yn union yr un pryd. Llygaid fel llygaid pobl yn codi o'u beddau ar ôl huno am fis neu ddau, wedi eu dihuno, efallai, gan Papa Legba, y dihunwr fwdw o Haiti. Llygaid oer, dideimlad. Llygaid madfall wedi boddi. Llygaid i oeri'r gwaed a'i gadw'n oer.

Roedd golwg y diawl ar y 'beirdd' 'ma, ac o fewn oriau, roedd penawadau *Wales Today* ar y BBC yn sôn am 'Zombie Alert in South Wales Valleys', a'r geiriau brawychus yn mynd ar draws y sgrin fach dan luniau camera o'r heddlu'n clymu tâp melyn a du rownd Ystrad, nid jest y stryd lle roedd y bobl wyrdd yn camu'n araf ac yn ddryslyd ond o gwmpas yr holl dre. Serch hynny, ni allai'r camera gyfleu'r ffaith bod drewdod y llyffant-bobl hyn yn ddigon i neud i chi fod eisiau chwydu. Roedd y tâp melyn a du ym mhobman. Fel brawddegau rhybuddiol. Cadwch draw. Peidiwch â mentro yma. Os y'ch chi'n gall.

Drannoeth, roedd penawdau tudalen flaen y *Daily Mirror* yn bloeddio 'Rhyming Zombies Attack Rhondda', a llun o deulu o chwech yn cerdded i lawr y stryd ar eu ffordd i'r Spar i brynu bara. Yr hyn na welwyd yn y llun oedd y perchennog, Delme Phillips, yn sefyll yn fygythiol o flaen ei siop, a gwn ar bob ysgwydd, a phob modfedd ohono'n rhybuddio'r teulu croenwyrdd druan i gadw draw.

'But, Delme, we just want a loaf of your lovely bread,' esboniodd y tad gwyrdd.

'No need to pull the trigger and leave one of us dead,' mynnodd y fam werdd.

Ond roedd Delme wedi gweld ffilmiau fel *Alien*, ac yn gwybod pa fath o erchyllbethau allai hyrddio allan o stumog werdd. Er ei fod yn nabod y bobl 'ma, doedd e ddim yn eu gweld nhw fel pobl bellach, yn enwedig oherwydd y sleim oedd yn diferu'r tu ôl iddynt, a'r arogl tew a thrwchus oedd yn debyg i arogl y dymp uwchben Dowlais ar ddiwrnod crasboeth.

'Cadwch draw nawr, peidiwch â dod yn nes. Keep away, or I'll have to shoot the kids,' meddai Delme, a dau fys yn chwarae'n nerfus ar glicied i'r ddau wn, a phwysau'r rheini'n mynd yn drech nag e wrth iddo sefyll 'na, yn bygwth rhai o'i gwsmeriaid mwyaf ffyddlon, oedd yn edrych fel petaen nhw wedi glanio o ryw blaned yng nghanol Alpha Centauri.

Dihunwyd y Prif Weinidog yn Chequers gan alwad frys ar y ffôn oedd dim ond yn cael ei ddefnyddio ar gyfer gwir argyfwng. Esboniwyd fod cymunedau cyfan o bobl ar hyd a lled Cymru'n newid lliw, ac yn newid siâp, ac yn cynhyrchu llathenni o sleim oedd yn gadael olion fel malwod enfawr.

'Are they still rhyming, too?' gofynnodd y P. W., wedi ei ddrysu gan ormod o hedfan yn yr wythnosau blaenorol, ar ôl bod yn Tsieina, yr Aifft, yr Unol Daleithiau a Ffrainc.

'Rhyming – and slimeing,' atebodd y cadfridog ar ben arall y ffôn, er i'r jôc gwympo'n fflat oherwydd difrifoldeb y sefyllfa.

'And what about the Welsh Government?' gofynnodd y P. W.

'Oh, they were always pretty zombified,' atebodd y cadfridog, a'r tro hwn dechreuodd y ddau chwerthin, er gwaethaf difrifoldeb y sefyllfa.

Ond, mewn gwirionedd, nid oedd lle i chwerthin, oherwydd o fewn llai na thridiau roedd poblogaeth gyfan tref Llanelli wedi troi'n wyrdd, a phawb ar Ynys Môn, a'r dinasoedd wedi eu heintio, a'r pentrefi bychain hefyd, a dim ond rhannau o Bowys, o gwmpas Adfa a New Mills, oedd heb eu heffeithio a neb yn gwybod pam.

Bu'n rhaid i'r BBC a'r darlledwyr masnachol roi'r gorau i

ddarlledu oherwydd prinder staff, gan fod y rhan fwya ohonynt wedi troi'n llyffant-bobl felly doedd dim modd i bobl wybod beth yn union oedd yn digwydd, er bod y rhan fwya ohonynt wedi colli diddordeb yn y newyddion bellach oherwydd eu bod wedi darganfod newyn newydd, sef chwant am gnawd. O diar …

Dwysáu wnaeth symptomau'r feirws.

Cenedl o ganibaliaid gwyrdd treisgar oedd yn dal i odli 'chydig oedd y Cymry bellach, ac roedd pob stryd, pob pentref a phob stad tai cyngor, bron, yn edrych fel set un o'r B-mwfis gwaethaf erioed. Tu allan i un tŷ yn Resolfen roedd teulu cyfan yn bwyta'r tad-cu, a'r hen foi ddim cweit wedi marw 'to, a'i sgrechfeydd yn annaearol. Ond cario mlaen i fwyta wnaeth y teulu, ar wahân i'r plentyn ieuengaf, oedd wedi bwyta'r ci amser te a doedd dim eisiau mwy o gig arno.

Chwim oedd yr ymateb swyddogol. Ar 2 Mawrth 2016, croesodd y Royal Lancashire Regiment ail groesfan afon Hafren, a phob milwr yn gwisgo masgiau rhyfel bio-gemegol. Gorchmynnwyd i'r SAS, o'i bencadlys yn Henffordd, gau'r ffin rhwng Lloegr a chanolbarth Cymru, ac awdurdodwyd polisi 'shoot to kill' os oedd raid. Rholiwyd milltiroedd o weiren bigog ar hyd Clawdd Offa, a gwelwyd hofrenyddion yn symud o Helmand yn Affganistan i hedfan yn isel ar batrôl ar hyd glannau Dyfrdwy, a thros sir y Fflint, ac uwchben gwastadeddau coediog Trefynwy.

Sefydlwyd gwersylloedd ar gyfer y boblogaeth gyfan – stalags ar gyfer pobl Gwynedd, troi Enlli'n rhyw fath o Alcatraz, a nifer fawr o ganolfannau ar gyfer yr holl sombis yn ardaloedd poblog y de.

Erbyn mis Ebrill roedd y gwersylloedd cyntaf yn orlawn, a'r hofrenyddion yn gweithio'n ddiwyd yn cario darnau o geffylau i fwydo'r carcharorion, y miloedd ar filoedd ohonyn nhw, a'u llygaid meirw a'u chwant am fwyta'i gilydd. Roedd rhoi cyflenwad o gig ffres iddyn nhw'n rhoi stop ar hynny. Am nawr.

Yng Nglan-llyn, yn hen Wersyll yr Urdd, oedd wedi ei addasu i gartrefu 18,000 o sombis, safai dau ddyn gwyrdd wrth ymyl y ffens lectrig bob dydd. Nid oedd neb yn eu hadnabod nhw wrth eu henwau dim mwy, nac wrth eu hwynebau chwaith, gan fod nodweddion y rheini wedi hen fynd ar goll wrth i'w trwynau bydru fel hen afalau a'u bochau droi'n slwj o gnawd porffor oedd yn boenus o amlwg yn erbyn cefndir y croen gwyrdd a orchuddiai weddill y corff.

Yn yr hen ddyddiau, cyn y gwersylloedd, cyn y feirws odli hyd yn oed, adwaenid un ohonynt fel Huwcs y Bwcs a'r llall fel Martyn Lewis. O bryd i'w gilydd, byddai'r ddau'n ceisio dweud gair neu ddau, yn ceisio ffurfio cymal gan Waldo neu Wystan neu Basil, ond oherwydd bod eu gwefusau wedi gwywo nes bod y ddau'n edrych fel cŵn cynddeiriog yn dangos eu dannedd, ni ddeuai dim byd mwy allan o enau'r ddau na hisian a sŵn carthu llwnc.

Nid oedd geiriau'n bwysig mwyach, ta p'un. Yr hyn oedd yn bwysig oedd astudio'r nen i edrych am yr hofrenydd nesa, yr un fyddai'n dod â llwyth o gig newydd; roedd y ddau ddyn yn ysu am wisgo lipstic o waed ffres, a bwydo'n dda ar hen geffyl, hen *nag* aeth ar ei bengliniau am y tro ola mewn lladd-dy draw sha Wolverhampton neu Telford. Os byddent yn ddigon clou, ac yn ddigon lwcus, efallai, gallent gael gafael mewn pâr o glustiau. Ni flasai unrhyw beth cystal â'r rheini. Gallech gnoi arnynt am oriau, yn union fel biltong, neu unrhyw gig wedi ei sychu, a'r cnawd yn blasu ac yn para'n well o fod wedi cael ei sychu. Cnoi am ddyddiau hir bwy gilydd weithiau. A watsho'r byd yn dawel, a'r holl sombis gwyrdd, colledig, dryslyd yn shyfflo heibio'n araf, pob un yn fud, pob un bron â marw – eto – o eisiau bwyd. Oherwydd ni all neb fyw ar eiriau, o na. Mae wastad angen cig a gwaed, a gorau i gyd po gynta.

YFORY

Pump ar hugain ohonynt. Pump ar hugain o ddwylo mewn ffos ar ochr yr hewl ar y ffordd i Atescatempa, eu harogl yn felys ac yn codi cyfog. Pump llaw dde ar hugain yn bentwr anniben, gwaedlyd, a phob un wedi ei hacio oddi ar fraich dyn ifanc cyhyrog. Fel y dywedodd yr *entendiente*, El General, a'i wên anffodus yn tynnu un ochr gyfan o'i wyneb tua'i geg, fel tase fe'n cael strôc.

Mae'n esbonio'r rheolau'n glir a chydag awdurdod.

'Dyma ddau ddeg pum bwled, dim mwy, dim llai. Bydda i eisiau tystiolaeth eich bod wedi eu defnyddio'n iawn – dim mynd allan i hela swper, cofiwch – felly bydd angen un llaw am bob bwled. Dwi wedi hen laru ar y rebels yma – wna i ddim eu galw nhw'n filwyr – yn symud o gwmpas y jyngl fel cysgodion. Mae'n rhaid llenwi eu calonnau ag ofn. Mae eisiau gwneud yn hollol siŵr eu bod yn difaru eu bod nhw'n fyw. Un bwled yr un, cofiwch, ac mi ddweda i eto, dim saethu pethau ar gyfer y pot. Dim oselot, dim piwma, dim bygar-ôl ond dynion. Ydy hynny'n glir, y rafins diawl ag y'ch chi?'

Clir fel crisial, *jefe*. A dyna sut yr aethon ni, y gatrawd oedd yn gwybod y byddai'n cael ei chondemnio i anhunedd diderfyn ar ôl y weithred. Byddem yn hela'r dynion rhwng y *lianas*, drwy labrinthau gwyrdd o goedwigoedd tywyll yn llawn nadroedd hyll a fedrai ymosod yn ddisymwth ac yn ddireswm. Dyma ni'n hela dynion er mwyn eu cornelu rhwng boncyffion coed sydd wedi bod yma ers dechrau'r byd, a thynnu'n *machetes* a fyddai'n sgleinio'n arian byw wrth i belydrau llachar dorri drwy ganopi'r dail trwchus.

Credaf y byddaf yn clywed y sgrechian 'na nes bydda i ar fy ngwely angau, ac yn clywed y clochdar gwaedlyd ar ôl hynny 'fyd, yn yr uffern sy'n fy nisgwyl. Byddaf yn cofio'r anffodusion yn rhedeg, yn rhedeg nerth eu coesau, a hylif du'n arllwys o stympiau eu breichiau, fel rhyw fath o gartŵn hunllefus.

Roedd y bòs yn dymuno gweld tystiolaeth, a fi oedd yn gorfod llenwi'r rycsac â dwylo a gwaed, gan geisio tynnu'r modrwyon oddi ar y bysedd stiff cyn i rywun arall wneud. Roedd y dynion eraill fel cŵn gwyllt. A rhaid cyfaddef 'mod i fel ci gwyllt hefyd. Pac o gŵn gwyllt, wir? Oeddem, yn dangos dannedd ffyrnig at y byd, yn 'sgyrnygu'n ffordd ymlaen.

Odych chi wedi gweld *The Wild Bunch*, y ffilm gyda William Holden? Mae'n ffilm i droi'r stumog â'i chriw o *sociopaths* ar gefn ceffylau. Ry'n ni'n debyg iawn, ni a nhw. Ond bod ganddyn nhw geffylau.

Ie, *Wild Bunch* Canolbarth America. *Sociopaths* El Salfador yn byw yn eu mwfi o waed. Mewn rhan o'r byd lle mae bywyd bob dydd fel mwfi. Y trueni! Yr artaith! A'r annisgwyl yn ffenomen feunyddiol. *Expect the worst and you can't go wrong.* Fel y cynghorodd Mam-gu. Ac roedd hi'n gwybod am fywyd, heb sôn am y ffaith ei bod yn dal i weithio fel putain a hithau yn ei hwythdegau. Doedd hi ddim am i mi wybod hynny pan o'n i'n fachgen, ond roedd rhai o'i chlientiaid yn hoffi brolio wrtha i. Roedd yn ffordd o gael gwerth pob *centavo*.

Ond, ie. *The Wild Bunch*. Cyffelybiaeth briodol iawn.

Rojo oedd y gwaetha, ei chwant rhywiol fel pistonau'n ei yrru mlaen. Doedd dim edrych i fyw llygaid Rojo – roedd rhywbeth yn eich gwahardd rhag neud. Neu ofn, efallai. Oherwydd byddai Rojo yn eich dienyddio tra byddech yn bwyta *platanos*, ac yna defnyddio'r un gyllell a fforc i orffen ei swper. Wir. Fe oedd y *diablo* ei hun, dyn â'i ddiléit mewn hau drygioni a medi dinistr. Gochelwch rhag Rojo, da chi. Dylai coch ei enw fod yn ddigon o rybudd.

Nid ymladd fel milwyr oedd ein gwaith, ond yn hytrach stelcian ar yr ymylon, cuddio yn y cysgodion, sgwlco bant o olwg milwyr y Llywodraeth nes roedd 'na gyfle i achosi difrod. Roeddem wedi datblygu arbenigedd: stopio bysiau mewn ardaloedd oedd yn cefnogi'r ochr arall a lladd y gyrrwr cyn gwneud unrhyw beth arall. Byddai'r syfrdandod ar wynebau pobl fel curo drwm. Byddem hefyd yn rhoi stop ar gecru unrhyw deithiwr cegog, gan amla drwy ei saethu yn ei ben-glin. Byddai ofn yn ymysgaroedd y teithwyr eraill, a'r stori'n hedfan ar led yn gyflym ar adenydd nerfusrwydd, yn rhoi'r neges glir i'r dynion mewn siwts yn San Salfador nad oedd y rhyfel drosodd. Ddim tra oedden ni'n llercian fan hyn a fan draw yn smocio'n *cigarillos* tynn ac yn breuddwydio am fynd adre. Os nad yw'n tai wedi eu llosgi, a'n gwragedd wedi eu sbwylo.

Brwydr fudr, dyma fuodd hon o'r dechrau. Cast am gast fel cath a llygoden, ond bod y llygoden yn starfo a'r gath yn derbyn nawdd gan yr Unolffycindaleithiau. Rhyfel budr, a dweud y gwir, a phob math o gemau'r meddwl, erchyllterau, trais a thalu'r pwyth yn ôl. Offeiriad ar dân ar ben coelcerth o Feiblau, yn dawnsio fel pyped seicotig wrth i'r fflamau larpio'i groen. Cyrff plant mewn bws ysgol, eu gwaith cartre'n dudalennau rhydd ar hyd y llawr. Hen ddyn yn cwtsho sach o gig debyg i ymysgaroedd mochyn, nes i chi glosio a sylweddoli – a chyfog yn codi i'ch ceg yn sydyn – ei fod yn cario darnau o gorff babi, a'r clêr yn gwybod hynny'n iawn wrth iddynt chwyrlïo'n smotiau afreolus o gwmpas gwep arswydus y gŵr digalon.

Byddai El General (oedd yn ddim byd mwy na chorporal mewn gwirionedd, gan ei fod yn gofalu am lai nag ugain ohonom) yn rhestru pum techneg fwya effeithiol ein dull ni o ymladd.

Creu ofn llwyr.

Dim maddeuant.

Syrpréis!

Byth yn cyfaddef mai milwr ydych chi.

Bod yn ddychmygus wrth boenydio.

Roedd El General yn giamstar ar yr un ola. Gyda phleiars rhydlyd a dau ddarn o wifren drydan, gallai achosi poen pur, ar amrantiad, neu wrth rwygo amrant, neu dynnu rhywbeth. Poen fel golau gwyn. Poen i wneud i chi anghofio'ch enw eich hun. Ac enwau'ch plant. Gallech ddweud ei fod fel llawfeddyg, ond un nad oedd yn dymuno'n dda i'r claf dan ei ofal. Byddai'n cadw swfenîrs hefyd, rhesi o ddannedd ac ati. Byddai nifer ohonom yn gwneud unrhyw beth i osgoi mynd â charcharor byw ato. Gwell ei ladd yn ei unfan na'i glywed yn griddfan. Na gweld ei lygaid bron yn neidio o'i benglog pan welent y pleiars yn dod yn agos at ei genitalia. *Mi madre*!

Problem fwya El General oedd drewdod ei gorff. Byddai sgync yn mynd yn sâl o arogli'r fath *miasma*. Anaml y byddai 'run ohonom yn cael cyfle i 'molchi – roeddem yn symud yn rhy aml, a hynny dan gysgod nos – ac roedd dyn noethlymun yn sefyll ar lan afon ar noson ddileuad yn darged amlwg, boed e'n lân neu beidio. Yn bersonol, dwi ddim yn credu 'mod i wedi 'molchi ers whech mis. Bywyd ci gwyllt, ontife? Ond doedd yr un ohonom yn drewi fel ein *jefe*. Chwys sur cemegol yn gymysg â'r brandi rhad oedd yn arllwys fel rhaeadr allan o'i groendyllau. Allai neb ddioddef mwy na 'chydig funudau yn ei gwmni, yn enwedig os oeddem yn y gwersyll, ac yn gorfod cwrdd ag e yn ei babell. Dan y cynfas, roedd pabell El General yn gwynto fel lladd-dy, ac roedd rhimyn o waed wedi sychu dan flaenau ei ewinedd yn amlach na heb. Bob tro y cawn symans i fynd i'w weld, byddwn yn saliwtio wrth ddrws y babell a byth yn cymryd mwy nag un cam i mewn i'w ffau, rhag ofn i mi chwydu fy nghinio dros ei sgidiau mwdlyd.

'Ie, syr.'

'Heb oedi, syr.'

'Ffyc mi, chi'n drewi'n drwm,' (dan fy anal wrth gerdded i ffwrdd). Byddai'n well 'da fi gysgu gyda mochyn na threulio deng munud yn agos at geseiliau El General. Nid arogl tegeirian mohono. O bell ffordd.

Fory yw'r diwrnod mawr, yr *ofensiva grande* fel mae El General yn ei alw fe, fel tase fe'n Napoleon neu rywun. Mae'n bryd i ni wneud rhywbeth fydd yn cyfri, newid cwrs y rhyfel ddiawl 'ma, meddai, a rhaid cyfaddef bod pawb yn amheus o'r cynllun, ei syniad o ymladd uniongyrchol, dyn yn erbyn dyn. Yn ystadegol, mae'n amhosib. Wedi'r cyfan, mae ganddyn nhw fyddin go iawn, *attack helicopters* ac iwnifforms, ac ry'n ni'n llond llaw o ddynion gwyllt yr olwg sydd wedi bod yn byw mor hir mewn ffosydd ac yng nghanol nunlle nes ei bod yn hollol bosib y bydd y gelyn yn chwerthin ar ein pennau yn hytrach na thanio'u gynnau. Wel, chwerthin *cyn* ein lladd.

Bu Rojo mor hy â gofyn pam yn union ein bod yn newid ein tactegau, ein *modus operandi* (roedd Rojo'n ddyn hyddysg, wedi bod yng ngholeg yr Iesuwyr a bron iddo fynd yn athro, cyn iddo gael ei ddal gan ryw grwtyn mawr a wnaeth rywbeth erchyll iddo). Ni yw'r abwyd, meddai. Bydd y rebels erill wedi cyrraedd erbyn heno a byddant wedi creu cylch gweddol gyflawn o'n cwmpas. Pan ddaw'r milwyr i'n hamgylchynu a'n dinistrio, bydd 'na syrpréis mawr yn eu disgwyl. Un digwyddiad i newid cwrs y rhyfel. Un gyflafan fach cyn cwpla. Tyngodd Rojo lw y byddai pob un ohonon ni 'nôl yn ein pentrefi erbyn diwedd yr wythnos.

Anodd oedd cysgu, wrth i ni ofyn cwestiynau sylfaenol megis sut ddiawl oedd e wedi cysylltu â'r rebels erill pan nad oedd y radio'n gweithio, a'r un ohonom wedi cymryd neges na derbyn neges? Ai ni oedd yn rhy baranoid, yn diodde o'r math o baranoia sy'n neud i chi feddwl bod y dŵr yn y tegell yn sgrechian pan y'ch chi'n ei ferwi? Neu ai fe oedd ddim yn ei iawn bwyll, wedi colli ei feddwl wrth nofio yn y gwres a'r gwaed? Dechreuodd Rojo sôn am ddyn o'r enw Kurtz, cymeriad mewn llyfr â'r teitl *Heart of Darkness*. Chwedl am Affrica, mae'n debyg, a'r Kurtz 'ma'n mynd yn wallgo. *The horror*! *The horror*! Wrth iddo adrodd y stori, teimlwn y cysgodion yn troi'n nadroedd ymosodol fel y *fer-de-lance*. Falle taw Rojo oedd yn wallgo. Falle fod pob wan jac ohonom yn wallgo. Dau o'r gloch. Tri o'r gloch. Pawb ar ddi-hun. Pawb yn crynu o nerfusrwydd tan doriad gwawr, yr haul cynnar fel satswma yn y nen, y golau'n orfoledd.

Mae'n siŵr ein bod yn edrych fel criw o ddynion yn dod i ofyn cardod yn hytrach na gwroniaid ar eu ffordd i ymladd. Iwnifforms carpiog, lifrai byddin y tlodion, a nifer ohonom yn gwisgo crysau-T o America: 'Motorola'; 'Sunnyvale High School Reunion 1970'; 'Drink Marvel Juice'. Nid oedd gan Federico wn, hyd yn oed, dim ond coes brwsh a honno wedi ei pheintio i edrych fel reiffl.

Am rai munudau'n unig y byddwn yn cysgu. Un noson, ro'n ar fin mynd i gysgu pan deimlais rywun yn rhedeg ei fysedd drwy fy ngwallt, yn fy anwesu bron, ac roeddwn bron yn siŵr taw Guttierrez oedd yn chwarae'r diawl nes i mi geisio dal gafael yn y bysedd a gafael mewn dim byd. Yn rhyfedd ddigon, roedd Gutierrez wrthi'n ceisio dyfalu pwy oedd wedi bod yn procio'i asgwrn cefn am yn agos at hanner awr. Bob tro y byddai'n ceisio troi i weld pwy oedd yn ei hambygio, roeddynt yn diflannu o'r golwg, bron fel petaent yn anweladwy o'r dechrau. Erbyn un o'r gloch y bore roedd pob un o'r milwyr yn hollol effro ac yn eistedd mewn cylch amddiffynnol. Ond hyd yn oed wedyn byddai ambell un yn neidio o'i groen wrth iddo deimlo bysedd yn ei gyffwrdd, neu'n tynnu, neu'n gwasgu, neu'r gwaetha ohonynt i gyd, yn ei gyffwrdd yn dyner. Roedd hynny'n annioddefol. Bysedd yn anwesu fel cariadon, fel sidan yn erbyn boch. Ac roedd rhai o'r bois yn mynnu eu bod yn gweld y bysedd, ac yn gweld y dwylo gwaedlyd, yn cyffwrdd, cyffwrdd. Yn procio. Fel tase eu perchnogion nhw'n dal yn fyw. Ac roedd 'na rywbeth mwy poenydiol am y ffaith eu bod yn cyffwrdd â thynerwch, yn cyffwrdd mewn ffordd mae cariadon yn ei gwneud.

Dyma un ffurf ar gydwybod euog – bysedd sy'n dod i'ch

cyffwrdd yn y nos. Cant dau ddeg a phump ohonynt. Dau ddeg pum llaw wedi codi o'r ffos. Chysgodd neb y noson honno, a hyd yn oed pan oedd y llygaid yn trymhau mewn blinder a'r amrannau'n dechrau cau, roedd 'na fys arall yno i'ch procio. Hei! Peidiwch â meddwl cysgu! Ddim ar ôl beth wnaethoch chi. Rhaid talu'r pwyth yn ôl, cofiwch. Bys yn yr asennau, neu ddwrn yn gafael yn eich ceilliau ac yn gwasgu'r eirin yn boenus reit. Dwylo o'r arallfyd oedd yn tynnu a gafael, anwesu a chyffwrdd fel dwylo o'r byd hwn. Ond eu bod nhw o rywle arall, gwaeth.

Mewn rhyfel, mae unrhyw beth yn bosib. Mae pob milwr yn gwybod hynny, hyd yn oed rhai gwael fel ni. Ond chredai'r un ohonom taw dyna fyddai'n ffawd ni. Yr anwesu diddiwedd, y cyffyrddiadau ffug-gariadus. A hyn oll y noson cyn y frwydr fawr: yr un fyddai'n penderfynu hyd y troednodyn amdanom yn y llyfr hanes. *La maldita guerra.*

'Sneb yn gwybod o ble daeth y faner: prin bod yr un ohonom yn gwybod bod gan y rebels eu baner eu hunain, rhyw fath o hebog coch ar gefndir gwyn. Nid peth doeth oedd ei chario, ond roedd yn mynegi rhyw fath o falchder, neu ffolineb efallai.

Roedd yr awyr yn inc fioled a phelydrau o heulwen fanila'n torri drwyddo. Storm ar y ffordd, mewn mwy nag un ystyr. Teimlai pob un ohonom law estron yn ein meingefn yn ein gwthio ymlaen, yn rhoi help llaw, fel petai. Dyma oedd ein tranc, cael ein gwthio ymlaen fesul cam at ddinistr. Ac at ebargofiant.

Dwysaodd y teimlad fod heddiw'n ddiwrnod hanesyddol pan ymolchodd El General yn yr afon a gwisgo dillad glân: crys-T 'Bruce Springsteen and the E-Street Band' o'u taith o gwmpas America yn 1989, ac un o'r bois yn awgrymu y byddai'r map o ddinasoedd ar y cefn yn rhoi rhywbeth i filwyr y Llywodraeth anelu ato. Os am fwrw'r galon, anelwch am Milwaukee. Neu saethwch unrhyw le uwchben Buffalo City, yn fan 'na mae'r afu. St Paul am ei stumog. Great Plains yn gorchuddio'r ysgyfaint.

Unrhyw le o gwmpas y geiriau *Tour Dates* mae'r ymysgaroedd. A'r arennau rywle ar bwys Madison Square Garden.

Roedd yr adar yn fud a'r byd yn dawel wrth i ni gerdded tuag at dre Atescatempa. Prysurdeb o gwmpas y *tiendas* wrth i bobl brynu bara neu gig cyn i'r glaw ddod. Ofn yn llygaid pobl, neb yn edrych am fwy nag eiliad ar y criw o ddynion a'u baner lipa. Ar y Wild Bunch parodïaidd. Ar y dyn pathetig yn cario coes brwsh i ymladd.

Dechreuodd un ohonom ganu'n nerfus – llinellau agoriadol 'Salvador' oedd yn odli hanner cant a mwy o enwau trefi yn y wlad – ond aeth y melodi i nunlle, jest diflannu i'r pridd coch ar ochr y ffordd. Yna clywsom yr hofrenydd, a chyda hynny roeddem yn gwybod eu bod nhw'n gwybod ble ro'n ni, ar gyrion Atescatempa ac ar gyrion ein bywydau, a byddai pethau'n *digwydd* nawr, yn reit fuan. Dywedodd El General ein bod chwarter cilometr o'r man a ddewiswyd ar gyfer ein safiad ola, ac rwy'n siŵr fod pob un ohonom wedi meddwl yr union 'run peth yn union 'run pryd: pwy ddiawl oedd wedi penderfynu? Pwy oedd yn rhoi'r ordors, a sut uffarn oedd e'n eu derbyn?

'Ry'ch chi'n gwynto'n hyfryd,' meddai un o'r milwyr oedd yn brasgamu tu ôl i'r bòs. Diflannodd y tensiwn am nanoeiliad wrth i bawb chwerthin yn braf, gan gynnwys El General, oedd wedi cribo'i wallt a phopeth.

Ie, pam roedd y dyn yn lân? Er mwyn deall pam roedd e wedi gwneud hyn, cael cawod, hynny yw, cyflwyno'i gorff i artaith o sebon a siafo am y tro cyntaf mewn misoedd, rhaid i chi ymweld ag un o fynwentydd ein gwlad. I edrych ar y ffotograffau o'r meirw sydd ar bob carreg fedd, fel sy'n digwydd yn America Ladin. Mae rhai'n cael tynnu eu llun at y pwrpas penodol hwn pan fyddan nhw mewn gwth o oedran, neu'r funud maen nhw'n dechrau teimlo'n sâl iawn, oherwydd dyma sut maen nhw'n dymuno cael eu cofio. Eu cofio am byth, neu nes bod marmor neu lithfaen y garreg fedd yn troi'n ddwst, sydd bron yr un peth.

Ond doedd gan y bòs ddim modd o gael tynnu'i lun tra bo anadl yn ei gorff, ac roedd yn gwybod – fel y'n ni i gyd yn gwybod – y byddai llun ar fedd, os byddai 'na fedd, yn dangos dyn marw a thwll yn ei dalcen, neu heb glustiau. Fwy na thebyg, byddai pob un ohonom yn cael ein gadael wrth ochr hewl, fel ci wedi ei daro gan fws.

Cerdded. Yr haul yn wenfflam. Y nerfau'n dynn fel gwifrau tu fewn i ni.

O'r diwedd, dyma'r lle. Hen leiandy, a waliau *adobe* trwchus. Roedd yn ddewis synhwyrol, gan ei fod wedi ei adeiladu ar fryncyn, a darnau o dir uchel yn gefn iddo. Ond byddai gan ein gelynion artileri, ac roedd ein stoc ni o fwledi'n itha prin. Aberth fyddai hyn, nid brwydr, ond roeddem yn barod am hynny. Ac roedd El General yn barod, a'i wallt hir, anfilwrol yn sgleinio'n seimllyd, er gwaetha'r golchi, yn yr haul tanbaid.

Doedd dim angen gorchmynion i ni drefnu ein hunain o amgylch yr adeilad, gan wybod y byddai milwyr y Llywodraeth yn bomio ac yn defnyddio taflegrau Epsilon III ac yn gwneud popeth posib cyn hala'r inffantri mewn i sbwylo'r cyrff. Ond roedd gennym un syniad i ddelio 'da hynny, sef lleoli'n hunain yn y capel yng nghanol y lle, ac amddiffyn ein hunain rhag y ffrwydriadau yn fan 'na. Lle da i weddïo hefyd. Lle da i orwedd i lawr er mwyn ffarwelio â'r bywyd hwn.

Dyn a ŵyr pam fod 'na fagiau tywod yn y lleiandy: doedd 'na'r un afon ar gyfyl y lle, a phrin fod afonydd yn llifo am fwy nag ychydig fisoedd yn y flwyddyn ta p'un. Ond roedd 'na bentwr nid ansylweddol o fagiau yn y cwfaint, yn ogystal ag estyll pren a rholiau o gynfas fyddai'n dda i'n hamddiffyn rhag y blastiau a'r cawodydd o shrapnel poeth. Lle da oedd hwn i'n hamddiffyn, er gwaetha'r ods yn ein herbyn. Nid oedd morgrug coch yn casglu dail yn fwy prysur na ni'r dynion y bore hwnnw, gan wybod bod 'na jîps yn rasio i lawr hewlydd tuag atom, yn tasgu cerrig a ffrwydro ieir dan y teiars, fel grenêds o blu. Yn gwybod bod marwolaeth ar ei ffordd, mewn cymylau o ddwst, dan nen oedd yn prusur d'wyllu ar gyfer drama'r storm.

Mellt draw tua'r ffin. Yna'r taranau i'w dilyn. Y mellt yn troi'r ddelwedd ohonom yn cysgodi'r tu ôl i'n walydd bagiau yn ffotograff du a gwyn, yn dystiolaeth o'r ofn a'r dewrder oedd yn troi'n gawl chwerw yn ddwfn yn ein hymysgaroedd. Ac eto, dim un aderyn yn canu yn unrhyw le. Fel petaent oll wedi ymfudo i Gwatemala. Amser am smôc a hel meddyliau. Ac atgofion – plant yn chwarae yn y gwres, gwefusau llawn ein cariadon, genedigaethau, a storïau i gysuro, a hen boblach ffeind, a chwpanau'n llawn cwrw Suprema'n adlewyrchu'r machlud mewn bar clyd yn rhywle. Dyma oedd ein hinfentori, darnau bychain o'n bywydau, tapestri diwedd dydd.

O bell, roedd sŵn rotorau'r hofrenyddion fel cacwn meirch, ond wrth iddynt nesáu, aeth yn debyg i sŵn y taranau draw tua'r ffin, a gallem gyfri'r eiliadau rhwng sŵn y rocedi'n tanio ac yn taro'r tir o'n cwmpas. Yna ffrwydrodd un yn agos atom, a'n byddaru go iawn, a sŵn y byd yn troi'n ddim mwy na hisian uchel, fel sarff yn symud i fyw yn yr ymennydd. Eisteddai Rojo yn ei gwrcwd o dan ffenestr wedi ei chwalu, a darn mawr o'i benglog wedi chwythu bant. Roedd golwg ddireidus ar ei wyneb neu, o leia, ar yr hyn oedd yn weddill o'i wyneb.

Roedd nifer helaeth o'r rebels wedi gweld y mwfi am yr Alamo. Yma, yn America Ladin, roedd arwyr y ffilm yn elynion i ni, a'r holl hanes yn ddameg am haerllugrwydd yr Iancs wrth iddynt glodfori lladd ein brodyr ym Mecsico. Ac roedd un neu ddau wedi gweld y ffilm *Zulu*, a'r milwyr wedi eu hamgylchynu, yr ystadegau yn eu herbyn, heb son am *asegai* y Zulus, eu gwaywffyn yn newynog am waed ffres, am aberthau newydd. Ond hwn oedd eu mwfi nhw: 'Pan does dim gobaith ar ôl, rhaid ymladd', fel roedd y slogan ar y posteri'n ei ddweud. A nawr, wrth i'r rocedi dawelu a'r distawrwydd sinistr a llethol setlo eto dros y tirlun, roedd yn rhaid i ni ymladd am ein bywydau.

Rhoddodd El General y gorchymyn i sicrhau bod pob gwn yn llawn bwledi, a dyma ni'n estyn am ein *bandoleros*, ac am y bocsys *ammo*. Ond roedd 'na rwystrau. Wrth i rywun estyn am fwledi, byddai'n teimlo bysedd yn amgylchynu ei arddwrn. Ar ôl iddynt ddiflannu am sbel, deuai'r dwylo 'nôl, ac o'n cwmpas ym mhobman. Bob tro y byddai un ohonom yn codi llaw i estyn am wn neu fwled, roedd 'na law anweladwy yno i'n gwahardd ni rhag gwneud. Roedd y dwylo am i ni farw heb arfau, bron fel petaem yn rhy lwfr i ymladd yn ôl. Y dwylo! Y dwylo! Gallem glywed synau tu allan, ambell waedd, ambell siot yn dod drwy'r ffenest, i'n profi.

Y grenêds ddaeth yn gynta, fel byddech yn ei ddisgwyl, yn union fel yn y llyfrau tactegau byddent yn siŵr o'u defnyddio. Roeddent fel sêr yn ffrwydro, swpernofas o oleuni llachar, ac ar ôl i'r rheini ein dallu a'n byddaru ni ymhellach, daeth syfrdandod gweld y cyrff oedd wedi eu difetha gan shrapnel. Pedwar aelod o'r criw yn gelain, heb sôn am ddau a'u croen yn hongian fel rhubanau sgarlad oddi ar eu breichiau, fel taselau. Ac ar ôl y grenêds daeth y dynion, drwy'r drysau blaen a'r rhai cefn yn union yr un pryd, ac roedd y rhai ohonom oedd yn dal yn fyw yn ymwybodol o ddau beth: yr olwg yn llygaid y dynion estron yma, fel adar ysglyfaethus yn craffu ar eu prae, a'r dwylo oedd yn dal ein dwylo ninnau'n dynn, fel petaent yn dweud: '*Mi fydd popeth yn iawn, dyma ddiwedd ar eich holl flinderau a'ch ofnau. Byddwch yn marw nawr, a dy'n ni ddim wedi maddau i chi. Daw'r clêr i wledda ar eich llygaid. Fydd dim ar ôl i'w gladdu. Neb i weddïo drosoch.*'

Dim ond un peth a welais cyn i bopeth fynd yn ddu. Madonna blastar ar silff uwchben y drws, a'i gwên fel tasai'n f'atgoffa o rywun. Y wên 'na, roeddwn i wedi gweld y wên 'na o'r blaen yn rhywle.

Bore braf, minnau'n bump oed, a Mam yn gwenu arnaf wrth imi ddangos cert roeddwn newydd ei adeiladu o hen ganiau

Coke iddi. Hwn oedd fy unig degan ac roeddwn mor browd fy mod wedi ei gynllunio. Am ddwy flynedd neu dair, byddwn yn gwneud gwaith cynnal a chadw ar y cert, yn trwsio'r olwynion neu addasu'r peth i droi corneli. Ond un diwrnod, gyrrodd car drosto, a chofiaf udo am oriau. Ond honna oedd y wên - mam yn edrych ar falchder ei phlentyn wrth iddo gyflwyno gwyrth o gert iddi. Ie, dyna'r wên olaf i mi ei chofio. Cyn i'r ffrwydriad fy nghario fel corwynt, gan adael fy nghroen ar lawr, fel plisgyn nad oedd ei angen mwyach.

CARIAD FEL AFON

Pan welodd Richie hi ar lawr dawns y disgo y noson dyngedfennol honno – lle roedd y cyrff chwyslyd yn symud ar y cyd, yn un corff, fel amoeba – cafodd ei ddallu gan ei phrydferthwch. Gallech ddweud yn burion ei bod hi'n disgleirio megis goleudy yng nghanol tymestl o ddawnswyr egnïol oedd yn symud yn donnau carlamus-wyllt. Ac nid cael ei ddallu megis rhywun sy'n digwydd syllu, drwy ddamwain, yn syth at olau strôb neu olau laser y *discothèque*, ond yn hytrach rhywbeth dipyn mwy difrifol. Cafodd ei ddallu cymaint nes iddo orfod gadael mewn ambiwlans, heb weld y golau'n fflachio, na dyn yr ambiwlans, na dim yw dim ar y ffordd i A&E.

Y bore canlynol, eisteddai Richie mewn stafell wedi ei haddurno (nid ei fod ef yn medru gweld yr un addurn, nac unrhyw beth, a dweud y gwir, hyd yn oed blaen ei drwyn) â siartiau o'r wyddor, a phob llythyren yn mynd yn llai fesul rhes wrth symud yn is i lawr y siart, rhes ar ôl rhes o lythrennau, o'r E enfawr ar y top i'r rhes fach o lythrennau pitw lawr y gwaelod, fel peledau o faw llygoden:

P E Z O L C F T D

Dyma fe, felly yn adran y llygaid, Ysbyty Bron Haul, ond doedd dim haul o gwbl yn tywynnu ym mywyd Richie Ford y bore hwnnw. Dim golau o gwbl. Dim byd i'w weld, yn llythrennol. Doedd ganddo ddim *byd* o'i gwmpas, ac yntau wedi ei longddryllio ar greigiau miniog unigrwydd ac ofn.

'Bore da, Mr Ford. Doctor Abuja ydw i. Mae'n flin gen i glywed am eich … anffawd. Nawr 'te, allwch chi ddweud wrtho i beth yn union ddigwyddodd?' gofynnodd y meddyg, a goslef garedig a sensitif yn ei lais ac ysgrifbin drud, perffaith, o gwmni Cross, yn ei law. Nid fod Richie'n medru gweld y gwrthrych hyfryd, ond gallai glywed yr inc yn llifo ar draws y dudalen eisoes, wrth i un o'i synhwyrau wneud yn iawn am ddiffygion un arall.

'Ro'n i'n edrych ar fenyw yn y disgo, yn ffaelu cadw'n lyged oddi arni a gweud y gwir. Yng nghlwb Mystique o'dd hi, a bydden i'n tyngu taw hi oedd y fenyw fwya prydferth yn y byd i gyd. O'dd 'na ryw fath o oleuni yn ei phrydferthwch, fel petai hi'n shino, yn disgleirio; ie, roedd hi'n disgleirio achos o'dd hi mor syfrdanol o bert. Alla i ddim dweud mwy na hynny, dim ond taw edrych arni hi o'n i pan ddigwyddodd e.'

'Pan ddigwyddodd beth yn union?'

'O'dd hi'n sefyll 'na fel angel, ddim yn symud fel pawb arall, ond yn sefyll yn stond a phawb arall yn shiglo fel y diawl, ond na, roedd hi'n dawnsio mor araf, mor urddasol o araf. Ac roedd cân Donna Summer yn whare, wy'n cofio hynny'n glir – 'State of Independence'. Wy'n cofio achos o'dd hi'n neud i bopeth deimlo hyd yn oed yn fwy perffeth – wy'n dwlu ar y gân 'na. Yn dwlu arni. Ond 'na pryd aeth pethe o whith 'fyd. Aeth hi'n dywyll arna i, fel bola buwch ...'

'Bydd raid i ni neud profion,' awgrymodd y llais cysurlon, 'gan nad oes dim byd amlwg o'i le yn gorfforol, o edrych yn fras. Ond mae'r corff yn gymhleth, hyd yn oed cyn ychwanegu sowndtrac gan Donna Summer i wneud pethau'n fwy dramatig. Nid yw'r hyn sydd wedi digwydd i chi yn beth cyffredin nac, wel, yn rhyw esboniadwy iawn. Mae'n bosib y bydd yn rhaid i mi ofyn i rai o'm cyd-arbenigwyr ddod i'ch gweld chi. Well i mi esbonio hyn oll wrthynt yn hytrach na cheiso dyfalu fy hunan, a rhestru lot o enwau Lladin fyddai'n golygu dim ac yn cynnig llai fyth o gysur i chi.'

Cymerodd Richie lond sgyfaint o anadl.

'Fydda i'n medru ... Chi'n meddwl y bydda i'n medru ...?'

'Gweld eto? Alla i ddim addo dim byd. Ond mae'r ffaith nad oes unrhyw beth amlwg o'i le yn neud pethau'n anoddach i'w proffwydo.'

'Ei gweld *hi* eto, 'na beth o'n i eisie gofyn. 'Na i gyd wy'n moyn yw ei gweld hi eto. Ryw ddydd. Gweld ei phrydferthwch unwaith yn rhagor.'

'Gwnawn ein gorau, Mr Ford. Os oes ateb, cawn hyd iddo. Gallwch chi ddibynnu ar hynny. Ry'n ni, ddoctoriaid, yn hoff iawn o ddatrys posau, ac yn ein byd ni, chi yw'r pos, ond yn un a chliwiau wedi eu cuddio, dim ond i ni edrych yn y lle iawn.'

Mesurwyd pob rhan o lygaid Richie, a chynhaliwyd profion lu gan ddefnyddio sffygmomanomedrau a thaflunwyr laser yn ogystal â chemegion i staenio'r gwythiennau bach ym mhelenni ei lygaid yn goch, ac erbyn pedwar o'r gloch y prynhawn roedd Doctor Abuja wedi gwneud popeth a allai i gasglu gwybodaeth a hwyluso'i ddealltwriaeth o'r hyn oedd wedi digwydd i Richie druan. Yn unol â'i addewid, gwahoddodd rai o'r ymgynghorwyr gorau i ddod i drafod y sefyllfa. Ond ni ddilynodd y cwestiynau'r math o drywydd roedd Richie wedi ei ddisgwyl.

'Sut oedd hi'n edrych, y weledigaeth yma?' gofynnodd Doctor Hector, hen law ar ateb pethau dirgel ac un o'r arbenigwyr llygaid gorau yn y wlad, os nad yn Ewrop gyfan.

Oedodd Richie cyn ateb, oherwydd nid oedd y cwestiwn yn ymwneud â materion meddygol.

'Gwallt fel aur, ac eurgylch o oleuni. Llygaid asur yn treiddio'n ddwfn i mewn i'ch enaid chi, a chroen fel alabaster yn adlewyrchu'r golau fel y bydde dysgl barabolig yn adlewyrchu sŵn. Ac roedd hi'n gwisgo ffrog laes o sidan porffor, ac yn dawnsio bron heb symud, fel petai hi'n gwrando ar fiwsig arall yn ei phen, rhywbeth tawel, clasurol, rhywbeth oedd yn ei mesmereiddio.'

'A phan welsoch chi hi, oedd 'na fflach fel mellten ar unrhyw bwynt?' gofynnodd Dr Laing, oedd yn arbenigo mewn cataractau a glawcoma, a'i gwestiwn yntau, hefyd, yn annisgwyl ar y naw.

'Sori,' mentrodd Richie, 'oes 'na rywbeth yn bod ar 'yn lyged i neu ar 'yn feddwl i?' Dymunai Richie gael rhywbeth solet, dibynadwy, a rhywfaint o feddygaeth yn perthyn iddo, rhyw brognosis yn seiliedig ar ffeithiau, mesuriadau, pethau, wel, gwyddonol.

Ond aeth pethau'n waeth, nid yn well.

'Ga i ofyn i chi wrando ar y miwsig yma?' gofynnodd Dr Laing, gan droi at beiriant chwarae crynoddisgiau. Clywodd Richie glic bach tawel ac yna daeth cerddoriaeth Donna Summer i'w glustiau, yn ddigon uchel i wneud i'w gwpan te grynu. Byddai Richie wedi chwerthin oherwydd odrwydd y peth oni bai fod rhywbeth mwy od wedi digwydd. Dechreuodd weld pethau, dim ond megis cysgodion yn symud yn y niwl, ond rhywbeth o leiaf.

'Mae pethau sy'n gysylltiedig â thrawma'n medru dad-wneud effeithiau trawma … ambell waith. Roeddem o'r farn efallai fod hwn yn un o'r pethau allai weithio.'

Torrodd llais Donna Summer allan yn glir:

'Bring me to meet your sound

And I will bring you to my heart …'

A dyma Dr Hector yn taflu rhywbeth trwm ar y bwrdd, sef pâr o gogls weldio.

'Triwch y rhain amdanoch,' meddai Dr Hector yn awdurdodol.

Gwnaeth Richie hynny'n ufudd, gan dynnu'r strap elastig trwchus yn dynn y tu ôl i'w ben.

'Reit,' meddai'r doctor, a gwên lydan ar ei wyneb, 'rydych chi'n barod i fynd i chwilio amdani.'

'Fydda i'n medru gweld yn well na hyn?'

'Byddwch, byddwch.'

'A ble yn union wy'n mynd i edrych?'

'Ble bynnag mae'ch calon yn dweud wrthoch chi am edrych.'

'Ie,' dywedodd y ddau arall yn gytûn. 'Ond un peth bach. Ry'n ni'n meddwl taw Hélène yw ei henw hi.'

'Sut ddiawl y'ch chi'n gwbod hynny?' gofynnodd Richie, wedi ei ddrysu'n llwyr.

'Rhaid i chi'n trystio ni. Wedi'r cwbwl, doctoriaid y'n ni ...'

Ar ôl wythnosau o chwerthin, cyfarwyddodd perchnogion, dawnswyr a bownsyrs clybiau nos a *discothèques* y ddinas â gweld y dyn mewn gogls weldio fyddai'n dod i sefyll yn dawel wrth ymyl y llawr dawnsio, yn edrych fel petai e'n disgwyl i rywbeth ddigwydd neu i rywun ddod. Gwyddai rhai ei fod mewn cariad; deallai eraill taw fe oedd yr un oedd wedi mynd yn ddall ar ôl gweld menyw'n 'disgleirio' yn Mystique. Ond er taw yno y gwelodd Richie hi, roedd ganddo deimlad nad yn fan 'na y byddai hi'n ailymddangos. Gwyddai nad oedd y fenyw ddirgel yma'n un i'w hailadrodd ei hunan, nac yn wir i wneud yr un peth ddwywaith. Er mai dim ond unwaith roedd Richie wedi ei gweld, roedd yn deall hynny, ac yn deall hynny yn ddwfn ym mêr ei esgyrn. Felly crwydrodd yn y gogls trymion, o glwb i glwb, o ddisgo i ddisgo, yn edrych fel The Man in the Iron Mask, yn Club X, The Moonraker, Elysium, Kubla Khan a Le Co Co.

Safai Richie yn y llefydd 'ma am oriau, gan ddisgwyl yn eiddgar a gwrando ar oriau o fiwsig uchel nes roedd ei glustiau'n brifo, ac unwaith, ar ôl sefyll yn rhy agos at y spîcyrs ar noson *house* yn y Tiki Bar, bu ei glustiau'n gwaedu tamed bach.

Gweddïai amdani. Breuddwydiai amdani. Arhosai amdani. Tan i'r môr droi'n sych. Tan i'r Mynyddoedd Duon droi'n ddwst dan draed.

I ddangos eu cydymdeimlad, a'u cefnogaeth i'r syniad o'r fath gariad, ac ymdrechion diflino'r dyn yn y gogls weldio, dechreuodd pobl eraill wisgo dillad diwydiannol. Roedd fel troi'r cloc 'nôl i gyfnod y Village People, megis diweddariad o aelodau'r grŵp hwnnw – pobl yn gwisgo fel plismyn, cowbois, a gweithwyr oedd wedi camu'n syth o'r safle adeiladu i sefyll yno'n taflu eu breichiau i'r awyr. Byddai'r llawr dawns yn llawn dop o wisgoedd amrywiol: y dynion yn gwisgo hetiau caled a bwts blaenau-dur, a'r menywod yn gwisgo fel nyrsys a phlismonesau, ac un fenyw oedd wastad yn troi lan yn Club X yn cario reiffl blastig dan ei chesail, yn gwisgo sawl cot ffwr, ac yn meddwl ei bod yn heliwr o unigeddau Novaya Zemlya. Ma' pobl yn rhyfedd. Odyn wir.

Yna, un noson, pan oedd y DJ yn chwarae cân oedd bellach yn sefydliad yng nghlybiau'r ddinas, a nifer fawr yn ei galw'n 'gân y weldar', sef 'State of Independence' gan Donna Summer, i gloi'r noson yn swyddogol, dyma'r rhythm, neu'r geiriau, neu'r foment yn ei denu hi. Dyma hi'n ymddangos, fel ateb i weddi, fel ymateb i ddymuniad. Ond gwyfyn ydoedd, ie, gwyfyn prydferth, rhywbeth tebyg i'r *esmeralda gigante* o Frasil. Daeth i syfrdanu pawb â'i phryderthwch, i ganol y cyrff oedd yn siglo fel pysgod yn symud drwy acwariwm, fflachiadau o emwaith. Yn ddisymwth, heb unrhyw rybudd …

Dyna hi.

Yn sefyll o'i flaen.

Fel angel.

Yn weledigaeth.

Tawodd y gerddoriaeth.

Trodd y bobl ar y llawr dawnsio i weld beth oedd yn hoelio sylw'r dyn yn y masg weldio, y gogls trymion, a gweld menyw brydferth ar y naw yn sefyll yno fel pilipala egsotig o rywle trofannol, pell.

Rhewodd y dawnswyr nes eu bod yn edrych fel *tableau* yn Madame Tussauds, mewn sioc wrth iddyn nhw sylweddoli bod y menyw yma, yr un yr oeddent i gyd wedi bod yn disgwyl amdani ar un ystyr, wedi dod o'r diwedd, a'u hwynebau'n newid i fod yn fasgiau cwyr.

Cododd Richie'r gogls oddi ar ei wyneb, gan risgio'i lygaid, ond roedd yn werth y perygl i'w gweld hi'n iawn, hyd yn oed am hanner eiliad. Disgleiriai ei chroen fel dafnau arian, neu wlith y bore, rhyw sglein hyfryd, ta p'un.

'Hélène?' gofynnodd Richie, wrth i bawb ddal eu hanadl.

'Ie,' atebodd y weledigaeth yn betrusgar, 'sut oeddet ti'n gwybod hynny?'

'Oherwydd mai ti yw yr un.'

'Yr un beth?'

'Yr angel.'

'Angel? Paid â bod yn hurt! Pa angel? 'Sdim angylion ym Medlinog.'

'Bedlinog?'

'Rwy'n dod o Fedlinog. Ddim yn bell o Gaerffili. Ti'n gw'bod – Bedlinog.'

'Ti'n iawn. Dyw e ddim yn gynefin da ar gyfer angylion.'

'Cynefin, wedest ti? Am beth rhyfedd i weud. Hefyd, 'sdim sôn am Fedlinog yn y Beibl.'

'Beth sydd gyda hynny i neud ag unrhyw beth? 'Sdim sôn am Milton Keynes yn y Beibl chwaith.'

'Milton Keynes? Pam y'n ni'n siarad am Milton Keynes? A pham fod pawb yn syllu arnon ni?'

'Fel o'n i'n dweud, achos taw ti yw'r un ac ma'n nhw, fel fi, wedi bod yn disgwyl yn hir amdanot ti. Ers y tro cyntaf i ni gwrdd.'

'Ni wedi cwrdd o'r blaen?'

'Ydyn. Yng nghlwb Mystique.'

'Mae'r lle 'na wedi cau lawr ers wythnose.'

'Wel, dyna ble weles i ti. Pedwar mis a thri diwrnod yn ôl.'

'Ti'n tynnu 'nghoes i nawr! Ond erbyn meddwl, rwy'n cofio rhyw foi yn edrych arna i'n gegrwth, fel 'se 'ngwallt i ar dân neu rywbeth.'

'Fi o'dd e. Fi o'dd y boi o'dd yn syllu arnot ti, yr un o'dd yn ffaelu cadw'i lyged oddi arnot ti. Es i'n ddall, ti'n gwbod.'

'Yn ddall?'

'Ie, yn hollol ddall. Weles i ti, ac ar ôl hynny, o'n i'n methu gweld unrhyw beth o gwbl. O'dd rhaid iddyn nhw fynd â fi i'r ysbyty'n syth, a do'dd 'da nhw ddim clem beth o'dd yn bod arna i.'

'Sa i'n credu'r stori 'na. Est ti ddim yn dall oherwydd i ti 'ngweld i. Ond … siwd o't ti'n gwbod 'yn enw i?'

'Yr arbenigwr llygaid yn yr ysbyty wedodd wrtho i.'

'Mae e'n dweud y gwir,' udodd pawb yn y disgo, yn siarad fel un.

'Well i ti brynu drinc i fi, 'te,' meddai Hélène. A chyda hynny dyma nhw'n cerdded at y bar a phawb yn cymeradwyo, yn wir yn clapo fel tasen nhw eisiau blingo croen eu dwylo, yn clapo a chlapo a chlapo, fel petaen nhw wedi gweld gwyrth neu rywbeth.

Ac wrth y bar, dyma Richie'n edrych ar Hélène a Hélène yn edrych ar Richie ac roedden nhw'n dal i syllu'n ddwfn i lygaid ei gilydd pan oedd y barman yn cyfri'r arian yn y til, y DJ yn datgysylltu ei beiriannau oll, a pherchennog y lle'n dechrau trefnu'r cadeiriau'n bentyrrau taclus.

Ie, edrych yn ddwfn iawn, fel tasen nhw'n medru gweld eneidiau ei gilydd drwy'r cnawd, eneidiau hoff, cytûn, yn y clwb nos, wrth i'r wawr bincio'r ddau neu dri char yn y maes parcio tu allan, a nendyrrau'r ddinas yn adlewyrchu pelydrau ifanc, gwan yr haul. Ie, diwrnod anhygoel arall, a'r ddau'n sefyll yno, yn teimlo'r blaned yn symud yr urddasol araf dan wadnau eu traed.

Wythnos yn ddiweddarach, dyma Richie'n sefyll tu allan i'r Grand Hotel yn disgwyl i Hélène droi lan ar gyfer eu dêt cyntaf. Teimlai'n nerfus, fel plentyn bach ar noswyl ei ben-blwydd. Cofiai hefyd am y tro diwetha iddo drefnu gwneud rhywbeth fel hyn. Nid oedd Richie'n hyderus iawn 'da merched, ac fe gwrddodd e ag Eileen ar y we. Gweithiodd yn galed iawn i ddweud pethau diddorol wrthi, a defnyddio hiwmor yn ei briod le. Dewisodd y lluniau gorau ohono fe'i hun i'w postio ar-lein, gan wybod nad oedd e ymhlith y mwyaf golygus o'r ddynol ryw, yn enwedig oherwydd ei ddannedd blaen amlwg, oedd yn gwneud iddo edrych tamed bach fel Bugs Bunny. Cyrhaeddodd yr Hen Faenordy'n gynnar, i neud yn siŵr na fyddai'n cerdded i mewn i gwpwrdd glanhau drwy ddamwain, neu neud rhywbeth hurt arall, ac roedd yn sefyll tu allan mewn pryd i weld car Eileen yn dod lan y dreif. Gwelodd y car yn slofi i lawr, ac Eileen yn ei astudio am rai eiliadau cyn gyrru i ffwrdd. Edrychodd ar y car yn gyrru i ffwrdd, reit lawr y dreif, a throi am y dre, a throdd ei galon yn blwm.

Ond nid fel 'na oedd pethau am fod gyda Hélène. Gwyddai hynny'n barod, er ei fod yn dal yn ofnus ei fod e'n lletchwith mewn sefyllfaoedd cyhoeddus, yn enwedig nawr, nawr ei fod e wedi cwrdd â menyw ei freuddwydion. Efallai na fyddai hi'n dod. Efallai taw rhith oedd hi wedi'r cwbl, a phawb yn y disgo'r noson honno'n dioddef o hysteria torfol. Fel y bobl 'na sy'n gweld wyneb y Forwyn Fair mewn gwahanol fathau o fwydydd.

Ond, am chwarter i saith ar y dot, dyma Hélène yn camu allan o dacsi a bron iddo fethu anadlu. Roedd hi'n gwisgo ffrog wen laes a siaced fach marŵn a sgidiau glas tywyll ac roedd hi'n edrych yn well na ffantastig. Yn well nag unrhyw freuddwyd. Pertach na model. Cynigiodd wên hael iddi, ffordd o guddio'i swildod ond hefyd o ddatgan ei lawenydd mawr, gonest. Roedd hi yma i gwrdd â fe, Richie! Ac roedd e wrth ei fodd i'w gweld hi!

'Wi'n lico'r lle 'ma,' meddai hi, gan bwyntio at y siandelïers trymion a'r trefniadau blodau enfawr yng nghyntedd y gwesty. 'Rwy wedi clywed pethe da am y bwyd yma, hyd yn oed mor bell i ffwrdd â Bedlinog, felly mae e'n bownd o fod yn dda. Un seren Michelin, darllenes i. Dwi erioed wedi bwyta mewn lle gyda seren Michelin o'r blaen.'

'Na fi. 'Sdim seren 'da'r Codfather na'r King Balti. O'n i'n meddwl bydde'n syniad i gael trît bach yn hytrach na 'mod i'n mynd â ti i slymo mewn llefydd fel 'na.'

'Trît drud, weden i. Cyn mynd gam ymhellach dwi eisiau neud yn siŵr ein bod ni'n rhannu'r bil. Iawn?'

Cytunodd Richie drwy nodio'i ben. 'Bydd e'n ddigon drud ta pa ffordd y'n ni'n ei rannu.' Roedd Hélène yn falch ei bod wedi gwagio'i chyfrif cynilion cyn dod yma.

'Wel, am le croesawgar,' meddai Richie'n ddireidus wrth iddo helpu Hélène i'w sedd.

O'u bwrdd, gallent weld gerddi ffurfiol, hyfryd, a *ha-ha* ar waelod y lawnt, tu hwnt i'r hwpiau *croquet* a chlystyrau perffaith o rosynnod gwyn, melyn a phinc. O'u cwmpas, edrychai'r cwsmeriaid fel cymeriadau mewn ffilm wedi ei gosod yn yr oes Edwardaidd, â nifer fawr o siacedi brethyn cartref, mantelli ffwr a pherlau'n sgleinio am yddfau hen fenywod â chroen fel memrwn. Ond hollol gyfoes oedd y dystiolaeth o driniaethau Botox ar wynebau nifer o'r gwragedd, y croen yn ddifynegiant o dynn ar draws eu talcen. Nid oedd y cwsmeriaid ffyddlon yma wedi arfer gweld pobl ifanc yn dod i ginio, ac roeddent yn ddrwgdybus ohonynt, nes penderfynu taw enillwyr loteri oedden nhw, neu bod y dyn yn gwneud pethau anghyfreithlon i ennill ei fara menyn. Roedd gormod o fflach bywyd yn perthyn i'r cariadon yma, gormod o egni'n hollti awyrgylch ffwslyd a ffwstlyd y gwesty crand, a'r *maitre d'*, oedd yn hŷn na Methwsela.

'Am olygfa ysblennydd,' awgrymodd Hélène.

'Dyma pryd ry'n ni'n darganfod lot o bethe diddorol am ein gilydd, y diddordebau ry'n ni'n eu rhannu, a'r pethe sy'n ein gwneud ni'n debyg.'

'Dechreuwn ni 'da ti 'te, Richie. Beth yw dy hoff ddiddordebau?' gofynnodd Hélène, a goslef tebyg i un Jeremy Paxman yn holi ar *University Challenge*.

'Yr Eglwys Uniongred Roegaidd.'

'Sori?!'

' "The Greek Orthodox Church". Ma' gen i ddiddordeb byw yn hanes yr eglwys honno. 'Na beth fi'n darllen amdani ar y foment.'

'Ti'n perthyn iddi? Ti'n aelod?'

'Nagw.'

'Wel, bydd digon 'da ni i'w drafod yn fan 'na, achos sa i'n gwbod dim byd o gwbl am yr Eglwys ...?'

'Uniongred.'

'Yr Eglwys Uniongred Roegaidd. Blincin 'ec, Richie, 'na ddechrau annisgwyl. O'n i'n disgwyl bo ti'n mynd i weud bo ti'n dilyn rygbi, yn mynd i weld y Gleision yn whare bob nos Wener. Beth am gerddoriaeth? Ti'n hoffi cerddoriaeth?'

'O, rhychwant eang. Fi'n lico miwsig gitâr *highlife* o Ghana, minimaliaeth, stwff fel Steve Reich, pethau o Mali hefyd, fel Salif Keita, a chyfansoddwyr fel Varèse a Ligeti, lot o bobl fel 'na.'

'Miwsig, Richie, 'na beth ofynnes i. Wyt ti'n gwrando ar fiwsig fel ma' pobol erill yn gwrando ar fiwsig? Sa i'n gwbod, rhywbeth fel David Bowie, neu Motown, neu stwff sydd yn y siartiau? Beth am roc? Flaming Lips? Led Zep? Y Stones?'

'O, wy'n gyfarwdd â'u gwaith nhw, ond nid 'na beth wy'n gwrando arno o reidrwydd. Nid o ddewis.'

'Dyw pethau ddim yn mynd yn dda, Richie,' meddai Helene â gwên. ''Sdim byd 'da ni'n gyffredin hyd yn hyn.'

''Sdim ots,' atebodd Richie. 'Wy'n hapus jest i fod 'ma, gyda ti, yn edrych mas ar yr ardd rosod 'ma, a'r haul yn machlud, a'r *waiter* ar ei ffordd draw i ofyn i ni beth y'n ni moyn, a ni'n dou heb edrych ar y *menu* o gwbwl eto ...'

'O diar,' meddai Hélène, gan ddechrau edrych yn ffwndrus drwy'r *hors d'oeuvres*.

Llygadai'r *maitre d'* y ddau megis fwltur yn asesu swp o gnawd amrwd.

'Onest, nawr, Richie, ti ddim wedi clywed Led Zeppelin?'

'Wy'n nabod un gân.'

'"Stairway to Heaven". Wrth gwrs. Ma' pawb yn y byd yn nabod "Stairway to Heaven". Ond wyt ti wedi clywed "Kashmir" neu "Dazed and Confused" neu "Ballad of Evermore"?'

'Na, erioed.'

Fflicrodd tawelwch nerfus rhwng y ddau o ddeall nad oedd ganddynt unrhyw beth yn gyffredin. Hyd yma, ta p'un.

'Llyfrau. Ti'n hoffi llyfrau? Ar wahân i rai am yr Eglwys ... Uniongred Roegaidd?'

'O, fi'n dwlu ar lyfrau. O bob math.'

'Mawr a bach … Oes 'na unrhyw beth fydden i wedi clywed amdano?'

Oedodd Richie am guriad neu ddau er mwyn osgoi unrhyw un o'r enwau a fflachiai o flaen ei lygaid – Cortazar, Fuentes, Calvino, Canetti, Moore, Tejpal, Márquez, Quiroga – ie, doeth fyddai osgoi enwi un o'r rhain, er taw dyma oedd pantheon ei ffefrynnau.

'Dickens. Wy'n hoff iawn o Charles Dickens.'

'Rwy ond wedi darllen *A Christmas Carol* a sa i'n siŵr ydw i wedi darllen hwnnw, neu os taw meddwl am y ffilm odw i.'

'Felly, beth wyt ti'n 'i ddarllen?' Erbyn hyn roedd y peth tu hwnt i jôc. Teimlai fel aelod o lwyth y Zande yn cwrdd â rhywun o lwyth y Xthotha, a dim gair yn gyffredin rhyngddynt.

'Ysgrifau gwyddonol. 'Na beth fi'n lico.' Hyd yn oed wrth iddi ddweud y geiriau, roedd hi'n gwybod nad dyna ddylai hi fod wedi ei ddweud. Trodd y tawelwch rhyngddynt yn rhywbeth corfforol, pared neu wal. Nid oedd Richie'n gwybod unrhyw beth am wyddoniaeth, felly roedd yn ei chael hi'n anodd meddwl ble i fynd nesa.

'Oes gen ti unrhyw ddiddordebau, ar wahan i fiwsig a darllen ysgrifau gwyddonol?'

'Jyglo.'

'Pa fath o jyglo?' (Am gwestiwn twp, meddyliodd Richie, oedd eisiau troi'r cloc 'nôl deg eiliad.)

Atebodd Hélène drwy godi cyllell, fforc a llwy a'u cyfnewid o'r naill law i'r llall yn gyflym ac yna'n gyflymach fyth. Yna dechreuodd eu taflu'n araf, dros y potiau halen a phupur a'r trefniant blodau hyfryd ar y bwrdd.

'Jyglo gweddol syml,' awgrymodd Richie, a'i dafod yn ei foch. Ond chlywodd Hélène ddim ond dirmyg a sialens yn ei lais …

'Dere â dy gyllell a dy fforc 'ma, gw'boi,' gorchmynnodd Hélène. Dechreuodd symud y pum darn o fetel drwy'r awyr, gan ofyn iddo roi rhagor o lwyau iddi, a phrin y torrodd rythm y jyglo wrth iddi eu cynnwys nhw hefyd.

'Mwy! Mwy o stwff! Ma' angen mwy o stwff arna i!' A dyma Richie'n cerdded draw at y bwrdd nesa a gofyn a allai gael benthyg eu cyllyll a'u ffyrc nhwythau, a chasglu rhai oddi ar y byrddau eraill, a doedd neb yn medru dweud gair oherwydd eu bod yn edrych ar y fenyw ifanc yma'n jyglo wrth y bwrdd, oedd yn siŵr o fod yn erbyn y rheolau, ond pa reolau yn union? Ac roedd hi'n dda – roedd y metal yn fflachio'n wyllt wrth ddal y golau o'r siandelïers, a chyn hir roedd hi'n jyglo dros drigain o lwyau, cyllyll a ffyrc, a hyd yn oed dau bot halen a phupur, y cwbl lot yn edrych fel haid o wenyn robotig, a dyma hi'n dweud y geiriau yn glir:

'Cynffon paun ...'

Ac ar y gair, ffurfiodd yr holl bethau siâp cynffon paun yn yr awyr, ond bod pob darn o'r patrwm yn symud, megis celfyddyd symudol. Erbyn hyn roedd pawb yn y lle'n syfrdan ac yn syllu'n gegrwth ar y cerflun cinetig oedd wedi troi'n haid o elyrch nawr – y cyllyll yn torri'r awyr, y llwyau'n hollti'r golau, a'r ffyrc yn gweu ac yn plethu ac fel petaent yn gwrthod cyffwrdd â'i gilydd, yn un sioe anhygoel. Ie, elyrch yn hedfan! O gyllyll a ffyrc! Yn hedfan drwy'r awyr! Oedd yn troi'n wenoliaid nawr!

Prin y gallai Richie weld Hélène bellach gan ei bod hi wedi ei gorchuddio gan y gwenoliaid metal oedd yn troelli yn yr awyr, yn bancio uwch ei phen, ac erbyn hyn roedd rhes o hen bobl yn sefyll wrth ei hochr yn ychwanegu eu cyllyll a'u ffyrc nhw, nes bod gan y fenyw ifanc ddau gant, falle dri chant o bethau i'w jyglo, ei dwylo'n symud mor gyflym fel nad oedd y llygad yn medru gweld y bysedd. Wrth i Hélène, o'r diwedd, fethu cynnal yr adeiladwaith symudol, disgynnodd cawod o law metalig yn glindarddach i'r llawr, a dyna bawb ar eu traed, gan gynnwys y *maître d'* surbwch, oherwydd roeddynt i gyd yn deall nawr pam fod hon yn werth aros amdani, hi a'i hysgrifau gwyddonol a'i Led Zeppelin a'i gwên hawddgar.

'Dere,' meddai Hélène, gan afael yn llaw Richie, ''sdim whant bwyd arna i – gad i ni redeg i mewn i'r dyfodol gyda'n gilydd.' A'r peth nesa, roedd y ddau'n rhedeg ar draws y lawnt, heibio i'r rhosod, yn tynnu eu sgidiau a'u sanau, ar eu ffordd i'r ffynnon, a'r ffaith fod y sprinclars wedi bod yn dyfrio'r lawnt yn golygu bod y gwlybaniaeth megis sioc drydanol o dan eu traed. Syllodd y ciniawyr ar y ddau'n rhedeg, eu cegau'n cnoi cil fel gwartheg.

Da o beth yw cariad; na, gwych o beth yw cariad, oherwydd ei fod yn dod mor annisgwyl, yn cyrraedd heb ofyn. Gofynnwch i Richie, wrth iddo ddawnsio *gavotte* yn y dŵr o gwmpas y ffynnon a'i cherflun anhygoel o addas o Fenws a Chiwpid, neu gofynnwch i Hélène, sy'n edrych arno'n dyner, ei bysedd ar dân i'w deimlo. Ie, gofynnwch iddyn nhw, oherwydd nhw yw'r diweddara i'w heintio, i redeg i mewn i ddyfodol newydd, eu traed yn sops diferu, eu llygaid a'u croen a phob ymwybyddiaeth sydd ganddynt o unrhyw beth ac unrhyw un ar dân, ie, ar dân am ei gilydd, ac am ddathlu pob moment drydanol, syfrdanol, fyw sydd yno, yn y wlad berffaith honno, sy'n llawn elyrch a rhosod a chusanau di-ben-draw, felly, sy'n ymestyn am byth o'u blaenau.

Cydnabyddiaethau

Mawr yw fy nyled i adrannau Cyngor Llyfrau Cymru am eu cefnogaeth a'u mewnbwn, ac i chi'r darllenwyr sy'n sganio'r diolchiadau 'ma, gan fod hyn yn awgrymu eich bod wedi darllen gweddill y gyfrol. Gobeithio na fyddwch yn dweud wrth nyrs beth dwi wedi bod yn ei sgrifennu dan y blancedi drwy gydol yr holl fisoedd hir.

Ymddangosodd 'Breision' yn *Cyfansoddiadau a Beirniadaethau Eisteddfod Genedlaethol Caerdydd a'r Cylch 2008*, a rhoddodd y geiriau hael gan y beirniad, Elan Closs Stephens, hwb sylweddol i'r hen hunan-hyder. Cyhoeddwyd 'Dacw Mam-gu yn dŵad' yng nghylchgrawn *Taliesin* a 'Dafad goll' yn *Tu Chwith*.

Daeth 'Beti Powel a'r ymbarél' yn ail yng nghystadleuaeth Allen Raine yn 2012, felly diolch i'r trefnwyr am y sbardun yna i sgwennu. Tyfodd 'Y fampir olaf yng Nghlydach' allan o sialens gan gwmni teledu Cwmni Da i sgrifennu darn o erotica ar gyfer y rhaglen *Pethe*, felly diolch iddyn nhw am yr her, er bod y stori fel mae'n sefyll wedi mynd i gyfeiriad hollol newydd bellach.

Diolch yn fawr iawn, iawn i Luned Whelan am wneud y broses o olygu'r straeon od yma'n hawdd ac, wel, yn bleserus, ac i Elinor Wyn Reynolds yng Ngwasg Gomer am ei chefnogaeth barod arferol.

Llun: Marian Delyth

Mae Jon Gower yn awdur amryddawn nofelau, straeon byrion, a llyfrau ffeithiol yn Gymraeg a Saesneg. Enillodd ei nofel afaelgar *Y Storïwr* wobr Llyfr y Flwyddyn yn 2012, a chyrhaeddodd ei deithlyfr gyda Jeremy Moore o gwmpas yr arfordir, *Wales: At Water's Edge*, restr fer Llyfr y Flwyddyn 2013. Yn gyn-ohebydd y celfyddydau a'r cyfryngau i BBC Cymru, mae Jon yn byw yng Nghaerdydd gyda llond tŷ o fenywod prydferth, sef ei wraig, Sarah a'i ferched, Elena ac Onwy.